彩图珍藏版

宋词中的缱绻爱情

他们有才，亦有爱

蓝风 · 著

中国出版集团　现代出版社

图书在版编目（CIP）数据

他们有才，亦有爱：宋词中的缱绻爱情 / 蓝风著
. -- 北京：现代出版社, 2019.8

ISBN 978-7-5143-8059-0

Ⅰ.①他… Ⅱ.①蓝… Ⅲ.①散文集 - 中国 - 当代
Ⅳ.①I267

中国版本图书馆CIP数据核字（2019）第173218号

著　　　者	蓝　风
责任编辑	窦艳秋
出版发行	现代出版社
地　　　址	北京市安定门外安华里504号
邮政编码	100011
电　　　话	010-64267325 64245264（传真）
网　　　址	www.1980xd.com
电子邮箱	xiandai@cnpitc.com.cn
印　　　刷	三河市金泰源印务有限公司
开　　　本	880mm×1230mm　1/32
印　　　张	8.5
字　　　数	168千字
版次印次	2019年9月第1版　2021年10月第7次印刷
标准书号	ISBN 978-7-5143-8059-0
定　　　价	45.00元

你所知道的宋词，
你所不知的一往情深……

目 录

昨夜雨疏风骤，浓睡不消残酒。

试问卷帘人，却道海棠依旧。

知否？知否？应是绿肥红瘦。

蹙破眉峰碧。纤手还重执。镇日相看未足时，忍便使、鸳鸯只！

薄暮投村驿。风雨愁通夕。窗外芭蕉窗里人，分明叶上心头滴。

山亭水榭秋方半，凤帏寂寞无人伴。
愁闷一番新，双蛾只旧颦。
起来临绣户，时有疏萤度。
多谢月相怜，今宵不忍圆。

多情自古伤离别。更那堪，冷落清秋节。

今宵酒醒何处，杨柳岸、晓风残月。

此去经年，应是良辰、好景虚设。

便纵有、千种风情，更与何人说。

青春都一饷。忍把浮名，换了浅斟低唱。

苏轼：燕子楼空，佳人何在

1

苏轼的故事，是一盏春茶，苦涩里透出淡香。适宜在琳琅雨声里，坐于山中茅檐下，去讲，去听，去会心微笑。

此处所记载的，不过是他丰富人生中的一页篇章，您且听来。

哦，别忘了，手中那盏茶……

2

苏轼的一生，不止爱过一个人，但那个叫朝云的女子，却是他一生的牵念。

初遇那年，她虽年少，却已出落得楚楚动人，尤其那双眼睛，灵动欲语。她的歌声，亦悠扬婉转，触人肺腑，仿若荷间转珠，丛中流莺。苏轼未曾想到，自己人至中年，竟能被其撩动心弦，久久喧响。窗外月色如水，当时幕幕，隐隐浮现。

神宗熙宁六年，在杭州当了两年通判的苏轼，初遭排挤的失意渐渐转淡，爱上流连江南水乡间。他的文名及好交友的个性，使其很快结识了不少相契的朋友。

这日，他同几个友人于西湖游赏，边游湖边吟诗谈文，乐而忘忧。西湖如一柄硕大的碧叶，将他们包裹于无限风光之中。

之前，苏轼醉饮望湖楼，诗意大发，写下五首《望湖楼醉书》，中有"未成小隐聊中隐，可得长闲胜暂闲。我本无家更安往，故乡无此好湖山"。西湖，是让他甘愿终老于此的温柔水土。此刻，他望着眼前一泓湖水，在艳丽日色之下，愈显俏丽。走得累了，他们来到一处亭阁，或坐，或卧，或立，或斟茶，或饮酒，像远方若隐若现的山峦，参差错落，妙趣横生。

不一会儿，友人一早安排好的几个舞伎歌女，彩蝶般翩然而至。苏轼边饮酒，边听歌赏舞，不胜欢欣。那几个十二三岁的女孩子，都装扮得华丽夺目，苏轼却把目光投向装扮最淡雅的一个。她穿着素色衫子，轻歌曼舞的样子，像极了亭前那湖静谧的烟水，舒展、和缓、轻盈，又有着淡淡的哀伤。

饱经忧患的苏轼，不由自主地被她吸引，她像一线淡淡日色，显现在一片苍茫天地间，明媚又无助。苏轼不由一颤，一份莫名的触动，搅动他平静的心绪。

苏轼转过目光，悠悠投向亭外秀丽的湖水。这时，天色已晚，晴柔的天光已变得昏蒙，重重雨云聚集着。他不禁惊呼：

"要落雨了！"话音未落，雨已飘洒而下。

舞伎歌女们还在兀自轻歌曼舞，苏轼和文友们来到阑前，放眼已被雨幕笼罩的湖上奇景。苏轼望着雨中西湖，又想到雨前晴时的西湖，不由慨叹造化之工。比如这温软西湖，天生丽质，晴时的俏丽秀妍，雨时的清幽凄迷，无不妙绝。再一回头，但见那淡淡装扮却清丽可人的小歌女，一缕诗兴便悠然生起，作《饮湖上初晴后雨》二首：

> 朝曦迎客艳重冈，晚雨留人入醉乡。
> 此意自佳君不会，一杯当属水仙王。
>
> 水光潋滟晴方好，山色空蒙雨亦奇。
> 欲把西湖比西子，淡妆浓抹总相宜。

『**释义**』

晨曦仿佛在迎接我们，早早便染亮山岗。暮雨飘洒，挽留我们，沉醉不归。西湖的美，我们可能并未全然领会，也许，只有朝夕守护它的水仙王，最能懂得。

西湖的波光，在艳阳之下格外俏丽，而雨中的湖光山色，则别是一番情致。西湖就像西施那般，淡妆浓抹，无不生动迷人。

游玩归来，苏轼心底都是那女子的身影。他已经很久不曾这般动过心，仿佛隔世之感。唤鱼池畔初遇王弗，王家甫见二十七娘王闰之，大抵都是如此感觉。他知道，自己已逃不过她。她那宛若秋水的眸子，在夜色里闪烁，闪进他怦然的心中。那双眼使他感觉如此亲切，似在前世便脉脉相对过。

3

翌日，苏轼便着人将那女子邀至居所。

妻子王闰之看出苏轼对这女子的喜欢，那是一种她既熟悉又陌生的感觉，这种眼神，她在他眼中已经很久没见过了。此刻，她坐在丈夫跟前，他却对她视而不见，她心里无不失落。她知道，他并非有意为之，是情不自禁，这更使她难过。她深爱他，爱到不忍去指责。见苏轼和那美丽如新出芙蓉般的女子欢然相谈，王闰之只有隐忍心底的哀愁。

苏轼确定这个女子便是他后半生的慰藉。她就在他眼前，那么近，又那么远，像朵云，曼妙而不可捉摸。他想起白香山那句"去似朝云无觅处"，当即把此想法讲给她，她忍不住拊掌轻呼。她不能想象，这闻名天下，连她这小小歌女都如雷贯耳的大学士，竟会给她取名"朝云"。多美的名字呀！她太快乐了，但很快她就静默下来，她看到苏夫人脸上划过的一丝怵然，她知道，自己造次了。

苏轼问王闰之，觉得"朝云"其名如何？王闰之虽不乐意，还是顺着苏轼心意说，很好。得到闰之赞赏，苏轼甚是兴奋，便毫无避忌地问女子，要不要脱离伎籍，跟随他，在他身边做一侍女。他可以教她读书，写更好的词，供她吟唱。

被命名为"朝云"的女子，深知眼前这男子是她甘愿毕生追随的人，他那儒雅端方、温和不羁的气度，使她为之倾倒。

未见苏轼之前，她对他的最深印象，是他为人画扇之事。

那时苏轼刚到杭州任通判不久，一天，一男子到官署陈诉，说有人拖欠其债，不能如期偿还。苏轼着人把欠债者传来，问其缘故。欠债者世代以制扇为活，不巧，那阵子他父亲突然离世，本来已够悲伤，加上开春以来，阴雨连绵，连月不霁，天气凄寒，扇子实无法脱手，并非有意拖欠。

苏轼听了这番陈述，很是同情。他让欠债者把扇子悉数带来，欠债者一边听命拿扇，一边暗自纳闷。苏轼也不解释，只叫欠债者把扇子摊开在案，着家童备好笔墨。苏轼不慌不忙，执笔在扇上，时而笔走龙蛇，时而点染山石草木，顷刻而竣。欠债者细看，原来扇上字迹及所画的竹石枯木，无不飘然俊逸，真非大行家莫办！

苏轼微微一笑，叫欠债者拿去换钱。欠债者抱着二十把画好的扇子离去，刚一出门，这些扇子就被早已株守于门前的买扇者高价抢光，还有很多没有买到的，一个个长吁短叹。欠债者不仅很快还清了欠款，还剩下不少余钱，对苏轼的义举感恩至极。

这件事，也让整个杭州人都喜欢上了这位名满天下的大才子。

朝云觉得苏轼能有那样纵横漫溢的才华，已很难得，更难得的是，他还同情百姓，为百姓着想。她不能不崇拜他。此时，她更多还是把苏轼当作偶像仰慕，当成父辈敬重，以及当成一见如故的朋友相待。总之，她也说不清那是怎样的感觉，她只确定，面对他时，她心底开满了花，每朵都是一份明亮喜悦。

苏轼问她愿否跟随他，朝云自是愿意，但她不知道苏夫人之意，只是沉默着。

苏轼看看闰之，眼里是少年人才有的求乞和讨好。闰之怎会阻挠，她不会，显然也无法阻挠。

闰之的应许，使苏轼甚觉感激，也使朝云转忧为喜。朝云年纪尚小，苏轼就让她陪侍闰之左右，端茶递水，待其长成之后，再纳为妾侍。

一开始闰之不太放心朝云，相处时间长了，渐渐觉得这少女不仅美丽，而且很是机敏得体，很快就成了她的好帮手，为她卸去不少负担，慢慢也放下芥蒂，心生怜爱。

朝云感知到闰之对自己态度的转变，心中一块石头才落了地。

就这样，朝云也跟着闰之姓了王，成了王朝云，开始了对苏轼始终如一的追随。

苏轼很重视对朝云的教导。她虽识字不多，但到底年轻，又冰雪聪明，对音乐和文字天生有种敏感，经由苏轼细致精到的讲解，她的领会更是到位。苏轼很多词都由朝云率先演唱，当然，她也演绎得最好。

朝云的乖巧，既得到苏轼的赏爱，也得到闰之和其他家人的接受。有了闰之，苏轼便有了依靠；有了朝云，他才有了闲情。有了她们两个，他觉得，无论经历什么，都此生无憾。

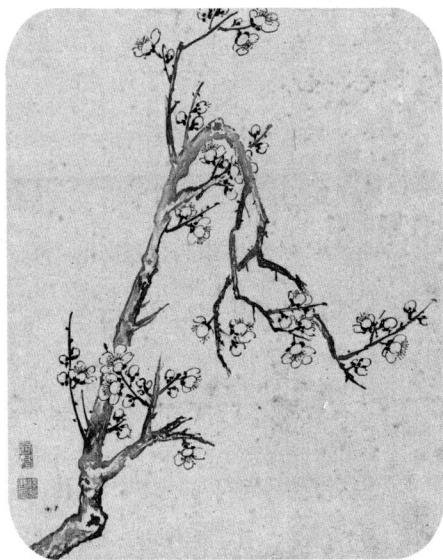

4

与朝云的相遇，使苏轼更觉杭州之美。他虽一直不喜欢柳永之词，以为其词过于俚俗鄙野，有失文士风范，但他是真喜欢柳永那阕《望海潮》，毫不讳言，那是杭州的最佳写真，连他自己也不敢追韵再写。就像李太白重临黄鹤楼，看到崔颢其诗，直感叹"眼前有景道不得，崔颢题诗在上头"，在苏轼看来，柳永那句"有三秋桂子，十里荷花"，真真是天然雕饰，又极尽繁华！

然而，杭州虽好，终须告别。苏轼和弟弟苏辙数年未见，甚为想念。为能与苏辙常常相见，他请求调任条件恶劣的密州。

熙宁七年，苏轼被调往密州，出任知州。此时，苏辙正在齐州任掌书记，同密州毗邻，兄弟二人便有更多见面机会。这使苏轼倍感欣慰，但也意味着，他要和杭州告别了。他舍不得这里的湖光山色，烟波画船，舍不得这里的欢颜笑语，轻歌曼舞。这一去，不只是离开一方陌生又熟稔的土地，更是舍弃了一个柔软光丽的梦境。

任职密州，在苏轼的游宦史上不过是短短一瞬，苏轼却在此留下了不少流传千载的名篇佳作。

在密州时是清苦的，风光也完全不能和如梦繁华、似水温柔的杭州相比。他的选择，既说明苏氏昆仲的深厚情谊，也足以说明他在政务上满怀信心——他认为自己可以把别人留下的烂摊子搞定。

苏轼在密州上任翌年，修葺了诸城西北的废台。

苏辙非常赞赏老子那句"虽有荣观，燕处超然"所传达出的虽处胜景而仍能泰然自处的人生姿态，便写下了《超然台赋并序》，以志其意。苏轼也非常认同弟弟的想法，此废而复新之台，便被冠以"超然"二字。

此后，苏轼又作《超然台记》，此记中，表达了他在面对人生逆境时所持守的超然思想，也生动记述了他初到密州"岁比不登，盗贼满野，狱讼充斥；而斋厨索然，日食杞菊"的境况。虽在这般状况下，苏轼也不曾消颓，反而安之若素，且竭力解决问题，政绩显著。或许相较权力中心的京师，密州这样的边远之地更适合苏轼，只有在这里，他的权力才不致受阻，其才华，方得更好发挥。

5

苏轼最广为传颂的两阕小词，都是在密州完成的。仅因它们，密州便是苏轼生命中至为重要的一站。

熙宁八年正月十二日夜，年已四十的苏轼，梦到已逝去十年的亡妻王弗。那是个太令人惆怅的梦，苏轼很久方从那惆怅的梦中悠悠醒转。面对着枕畔的王闰之，他觉得有一丝歉疚，但又觉得这是人之常情。

他悄然披衣起身，来到书房，在如霜月色中，忍不住发出串串叹息。不必点亮烛台，借助流溢的月色，他便可以书写。几乎是不假思索地，满怀惆怅的苏轼，写下了他一生最快捷、最轻柔，也最沉痛的《江城子》：

十年生死两茫茫，不思量，自难忘。

千里孤坟，无处话凄凉。

纵使相逢应不识，尘满面，鬓如霜。

夜来幽梦忽还乡，小轩窗，正梳妆。

相顾无言，惟有泪千行。

料得年年肠断处，明月夜，短松冈。

『 释义 』

　　不觉已生死相隔整整十载，不刻意去想，也不会忘记。我在密州的幽夜里想你，你孤独的坟冢，在千里之外，心中的万语千言，如何对你诉说？现在，我们即便相见，你也不识得我了吧？我已如此满脸风尘，两鬓霜雪！梦中的我，乍然回到故乡，你正在轩窗前，对镜梳妆。你我终于对视的一刻，只有沉默泪流。是呀，每年每个明月之夜，使我伤心断肠的，便是寄你香魂的短松冈。

　　如今虽有闰之和朝云陪伴，但在他心中，发妻王弗的地位始终不可撼动。他生命中最初的欢喜和艰辛，都是因为有她陪伴，她曾带给他无限的欢喜和力量。她是他心中的一株蔷薇，淡淡的色泽和芬芳，却令人恒久难忘。

熙宁九年，中秋之夜，苏轼和密州的僚属新朋，在新葺的超然台上，观月吟赏，欢饮达旦。望着浩瀚夜空中圆满清亮的璧月，孤独的苏轼，陷入深思和无限感慨。他想起了屈原的《天问》、李白的《月下独酌》，想起了张若虚的《春江花月夜》，也想起了久违的弟弟苏辙。原本他自请调任荒僻的密州，是为了和相别七年的弟弟多相聚，然而现实是，两人相距虽近，却因为彼此公务繁杂，难得一聚。在此皓月当空，遐思千载，思念情切的情形下，苏轼以词颂月，填得一阕《水调歌头》：

明月几时有？把酒问青天。

不知天上宫阙，今夕是何年？

我欲乘风归去，又恐琼楼玉宇，高处不胜寒。

起舞弄清影，何似在人间？

转朱阁，低绮户，照无眠。

不应有恨，何事长向别时圆？

人有悲欢离合，月有阴晴圆缺，此事古难全。

但愿人长久，千里共婵娟。

『释义』

我举杯遥问青天，这轮明月何时初现？天上若有宫阙，不知今夜何时？我想乘风而起，又怕孤高的琼楼玉宇，难以承受它的清寒！在那里起舞，怎比得人间温热？月色转过朱阁，透进绮户，照着无眠的人们。月亮难道有什么怨意，总在别离之时变得圆满？人有悲欢离合，月有阴晴圆缺，这是自古难以周全的事。我只愿普天下的亲友，都能健康，天涯相隔也能共对皎月！

短短两年的密州岁月过去，苏轼又要离开了。熙宁九年冬，大雪，密州百姓百般不舍，在行道两侧送别苏轼。苏轼心中又何尝轻松，他只能希望曾留过其足迹的这方水土，能在来年，在以后更多的年月里，都有好收成。百姓能过上快活的日子，他便放心了。

苏轼对密州的感情是深刻的，而密州人对苏轼的感情更深，甚至不曾因他的远离而遗忘。

元丰八年三月，神宗带着新法未成的憾恨，郁郁而死。不久，高太后临朝，哲宗即位，新法的反对派当政，长期流放的苏轼重被启用，调往登州任知州。苏轼在去往登州的途中，经过密州，旧地重游，登临超然台，不胜感慨。而密州的老百姓得知苏轼过此，无不欢喜难舍，前来相送饯别。苏轼写下《再过超然台赠太守霍翔》，其中有句："昔饮雩泉别常山，天寒岁在龙蛇间……重来父老喜我在，扶挈老幼相遮攀，当时襁褓皆七尺，而我安得留朱颜……"真挚地表达了历经风霜之后，他内心的激动，那是见到亲人的激动。

6

　　熙宁十年春，苏轼离开登州，前赴山西河中府任职，途中转道济南，去看望弟弟苏辙。不料，迎接他的，只有弟妹和侄子们，此时苏辙正身在京师。原来，高太后当政，新党失势，王安石二度罢相，沉默却孤倔的苏辙觉得扳倒新党的机会来了，便只身赴京，进献表章。

　　在苏辙家逗留一个多月后，苏轼携自家及弟弟的家眷一起赴京，与苏辙相聚。苏辙得悉之后，甚是激动，星夜赶往黄河北岸，迎接哥哥一家以及自己的妻小。

　　春寒料峭，黄河奔流，暮色苍茫，阔别七年的两兄弟终于会面，简直恍如隔世。苏轼已经四十岁，苏辙也已三十八岁，但在那个情形之下，两人执手雀跃，时而展颜笑语，时而悲愁低泣，就像回到他们的童年，无所顾忌。

　　苏辙告诉苏轼，朝廷决定将原本调任河中府的苏轼，改调徐州。苏轼心知肚明，这一切，都源自朝廷对他的不信任，或者说，是那些试图阻挠他的势力从中作梗。他本要从密州调任汝州，结果把他调任河中府，现又改调徐州。这使他郁愤不已，他像一个木偶，被人百般操纵着！他自己思忖，汝州离京师太近，可能他的对手们生怕他会影响他们，同时，又怕他掌控到河中府的军事势力，更对他们不利。

　　苏轼很快压抑住了心中的不快。他抬头，望了望行将坠落的夕阳，那般红艳欲滴，他感到一丝凄楚，但随即释然了。无论如何，他和弟弟终于相聚了，单凭这点，他就应该觉得满足。再加上，如今看来，新党的势力也开始被削弱，他应该抛开那些不必要的消沉。思及此，苏轼决定收拾心绪，好好珍惜相聚时光。此刻，眼前的大地静寂下来，醇如陈酿的亲情，暮色般缓缓簇拥着他清癯的身影。

因未得到真正改任徐州的诏令，苏轼还须入京朝觐。他的政敌们，正大权在握，生怕他在面圣之时，本就很欣赏他的神宗会重新器重他，于是想方设法阻挠他入京。当苏氏兄弟抵达京城汴梁的陈桥门时，却不被允许入城。无奈之下，他们只好暂住在忘年之交、一代直臣范镇城外东园的家中。

这时，苏轼正被政敌严重排挤，已年近七旬的范镇，却并未因此疏远他，反而盛情款待他和家人。这份情谊，苏轼和苏辙始终存记心中。后来，范镇以八十一岁高龄去世时，苏辙在祭文中还对范镇的这份热忱，深表感激。

这年，苏轼和王弗所生的长子苏迈，已十八岁，苏轼和闰之所生的两子，次子苏迨七岁，幼子苏过五岁。而朝云，也已十五岁，出落得益发清妍秀润。因苏迈已到婚期，苏轼一家又在范家东园盘桓月余。三月，苏迈在苏轼荐引之下，向殿中使御史吕陶之女求婚。待苏迈完婚之后，苏轼才携带家眷前赴徐州上任。

不久后，苏辙也要随同南京留守张方平，到应天府任职签判。为了和哥哥一家多相聚，苏辙先把家眷在商丘安置好，才陪同苏轼一路向东，去往徐州上任。到了徐州，苏辙又逗留百余日，以畅叙兄弟之情。这是这对感情至笃的兄弟出仕之后难得的共度时光。自此以后，他们之间的联系，更多只能依靠遥遥的书信，再没这样的欢愉长聚了。

那段时间，苏辙宿在徐州公廨[1]的逍遥堂，两兄弟经常一处，评论时政，谈论诗词，或细话家常。两人都深深喜爱唐朝诗人韦应物，尤其韦氏那句"安知风雨夜，复此对床眠"。现在，他们真正可以"风雨对床"了。宽仁温煦的兄弟之情，使他们彼此都不再觉得萧寒，此后余生似乎都有薄温留存。

七月，苏辙写下《逍遥堂会宿》，中有"误喜对床寻旧约，不知漂泊在彭城""困卧北窗呼不起，风吹松竹雨凄凄"之句，生动地描绘了当时他们那种难得的美好慵倦之状。

眨眼就到了中秋节。中秋当日，闰之、朝云和苏迈的新妇吕氏，一早就起来忙活。这是家里最圆满的一个中秋，一家人都甚是欢喜。苏轼和苏辙，在书房同苏迈一起谈论古往今来关乎中秋的诗词。年幼的苏迨和苏过，似懂非懂，托腮蹲坐地上，听着大人的琳琅笑语。外边是下人和女眷们轻快的语笑声。那个月圆之夜，成为他们心中最美的一抹剪影。

欢相聚，伤别离。和哥哥一家共度中秋之后，苏辙要离开徐

1　公廨：旧时官府衙门的别称。

州了。送别的时刻，望着弟弟渐渐远去，晚风吹过，苏轼才发觉自己脸颊已湿润。身边的朝云低低叹息一声，方提醒他归去。

7

和当初刚到密州一样，苏轼在徐州的任职也是重重困难。苏轼不得不投身其中，为解决问题，竭尽所能。七月，黄河在澶州曹村决口，八月中旬，滚滚黄河之水，已然侵及徐州城下。一时间，徐州城内人心摇动，陷入愁云悲雾之中。有钱人携家带口，急切逃离；无力逃走的平民百姓，只能恸哭惨号，坐以待毙。苏轼先行安抚人心，又采取种种措施，积极抗洪。经过四十余日的奋力对抗，洪水终于退去。

为防洪水再犯，苏轼于徐州东城修建黄楼，寓"以土克金"之意。紧接着，苏轼又遣人于各处水井，撒上防御瘟疫的药物，连月奔忙，方告一段落。

闲暇之余，苏轼乍然想起，唐时名伎关盼盼的燕子楼就在此地，便携朝云来到燕子楼，并夜宿于此。其夜，苏轼梦遇关盼盼，梦醒，有古今如梦之感，因作《永遇乐》，且予朝云歌之：

明月如霜，好风如水，清景无限。
曲港跳鱼，圆荷泻露，寂寞无人见。
紞如三鼓，铿然一叶，黯黯梦云惊断。

夜茫茫，重寻无处，觉来小园行遍。

天涯倦客，山中归路，望断故园心眼。

燕子楼空，佳人何在，空锁楼中燕。

古今如梦，何曾梦觉，但有旧欢新怨。

异时对，黄楼夜景，为余浩叹。

『 释义 』

霜月好风之夜，无限美景，使人沉醉。鱼跃露泻，静谧至极。三更之鼓，乍然惊响，似秋叶零落，好梦正酣，却为扰醒。茫茫夜色，无处寻觅梦里佳人，惆怅中，行遍寂寂小园。我乃倦游天涯的客子，有时只欲隐踪山野，但绵绵乡思，使我不忍去远红尘。置身燕子楼，只感一片空寂，不知佳人何在！古今一梦之感，不由涌向心头！今日，我为关盼盼之燕子楼叹息，来日，谁又会于夜间黄楼之下，为我感慨？

元丰二年四月，苏轼和徐州百姓共度大旱之难后，又调任湖州知州。此时，苏轼已四十三岁，朝云已十八岁，也由侍女转而为妾，两人终为眷属。

湖州，东接嘉兴，南邻杭州，山秀水媚，向来有丝绸之府、鱼米之乡的美誉。多年来的奔波，终于可以在这鲜活卷轴中，得以暂憩。苏轼在这里，赏清景，饮美酒，食佳肴，交良友，吟好篇，仿佛置身桃源胜境，不亦快哉！正是"余杭自是山水窟，仄闻吴兴更清绝。湖中桔林新著霜，溪上苕花正浮雪"，"亦知谢公到郡久，应怪杜牧寻春迟。鬓丝只好封禅榻，湖亭不用张水嬉"。

对苏轼来说，这确实是个梦。梦都是短暂的，是年七月，他便不得不离开湖州。这一切，只因他向神宗所进《湖州谢上表》。表中，叙完公事之余，文人气质浓郁的苏轼，不由自主夹带几句慨叹："陛下知其愚不适时，难以追陪新进；察其老不生事，或能牧养小民。"这给他的政敌何政臣等人制造了攻击他的机会。他们摘引"新进""生事"诸语，诬构苏轼愚弄朝廷，妄自尊大。后，监察御史里行舒亶，协同御史李定，又从苏轼《山村五绝》《八月十五日看潮》《戏子由》等诗中大做文章，弹劾其"至于包藏祸心，怨望其上，讪渎谩骂，而无复人臣之节者，未有如轼也"。

苏轼好友、驸马王诜得悉后，着人传讯给正在南京任职的苏辙。苏辙派人星夜前往湖州，报人刚见到苏轼，朝廷所派的钦差皇甫遵便后脚赶到。押解途中，苏轼不知因何获罪，更不知该判何罪，亦怕牵连诸多亲友，一时间，无限茫然，情绪低落至极，起意投水，以为一了百了，但又怕如此，更连累弟弟苏辙，最后还是决定暂弃自绝之念，且看后续如何。

八月十八日，苏轼被送进被称为"乌台"的御史台。九月，苏轼的大量诗作在审问时被呈阅，有三十余人受到牵连，连司马光也不能幸免。

　　狱中的苏轼，陷入迷惘和沮丧，伸手便是漆黑长夜。苏轼那么爱月，狱中却从不见月，那么任性逍遥，却饱受桎梏。他想念闰之、朝云，想念年幼的孩儿，想念亦弟亦友的苏辙，眼前却只有无边的黑暗和屈辱，包围着他，使他深觉窒息。他完全不知何日才得见光亮，重归敞天阔地之中。

　　长子苏迈当初随苏轼一起入京，如今成了他唯一与外界沟通的窗口。父子约定，苏迈每次送饭，只送蔬菜和肉，一旦有所异样，便换成鱼。月余之后，因其粮尽，苏迈只能托人送饭，自己去想办法。结果，那人偶得鲊鱼，便送给苏轼吃。不想苏轼未看到儿子，已是不安，又见鲊鱼，便断定其罪难脱，待那人走后，不由大恸。牢中本就淡弱的光线，一下子都消匿无踪了。无望的苏轼，无比想念家人，想念弟弟，即便知道，所写诗篇不得相传，仍写下《狱中寄子由》：

圣主如天万物春，小臣愚暗自亡身。

百年未满先偿债，十口无归更累人。

是处青山可埋骨，他年夜雨独伤神。

与君世世为兄弟，更结来生未了因。

『释义』

圣主如天之高之明，万物泽被，我则愚昧卑微，自取灭亡。

未料人生匆促，就此永绝，一众家小，无家可归，只好相托于你！你我夜雨对床畅谈的美梦，终究破毁，眼见我将埋骨青山，而你只能夜雨独对！你我兄弟一场，就此别过！但愿我们来生来世，再为兄弟！

苏轼被困之时，不仅吴充、范镇等老臣尽力营救，就连曹太后也为其说情。身为苏轼之弟的苏辙，更是屡屡表奏，甘愿卸除其职，以换其兄戴罪之身。向来器重苏氏兄弟的张方平，亲自修书，遣其子张恕入京相救。但是，真正力挽狂澜的人，却是苏轼的政敌，已然退居金陵的王安石。

奏疏中，王安石向神宗言道："安有圣世而杀才士乎？"这使原本就欣赏苏轼之才、不忍降罪的神宗，想起太祖所定的本朝不杀士大夫的遗训。同时，他看到苏轼所写的《狱中寄子由》，为苏轼之才及其兄弟之间的挚情所打动。最终，神宗对苏轼从轻发落，贬其为黄州团练副使。

可谓虚惊一场，苏轼的数月牢狱之灾，在哗啦啦的锁链卸落声中，豁然而终。瘦削的他，站在青天之下，像鸟儿张开翅翼般伸展双臂，他自由了！此时此刻，他不由感叹："平生文字为我累，此去名声不厌低。"

<h2 style="text-align:center">8</h2>

元丰三年，早春二月，苏轼被贬至黄州，不仅无实权，且受人监视，并无完全的自由。他是不被朝廷信赖的！向来旷达爽朗的苏轼变得寂寥消沉，但无论如何，比起狱中的惨况，他应知足。

初时，苏轼只能居于惠定寺。这里偏僻、幽静，倒也适宜失落的苏轼。他和苏迈都甚是想念家人，那是他们心底的暖阳。不过，苏轼的寂寞，不仅因为家人不在身边，还有友人的疏远。曾经好友众多，诗酒唱和，快意为欢，如今当他跌于命运低谷，却无人问及。他对着山寺孤灯，不由连连叹息。

直到五月下旬，苏轼才等到由苏辙一路护送而来的家人。

鬓已微霜的苏轼，远远望着渐渐走近的亲人，眼睛湿润，手指颤抖，那是喜悦引起的激动。身旁的苏迈叫了声"父亲"，他才从翻涌的思潮中抽离，步履轻快地迎上去。

朝云搀扶着闰之，一寸寸接近她们数月未见的丈夫，他是她们的一棵树，没有他，她们就失去了依靠，失去苟存的力气。相视的一刻，千言万语，都无须言说，他们紧紧握着手，让那薄薄的温度消融掉冰凉的沧桑。那个团圆之夜，是枚沉静落阳，美得使人怜惜。

一家人住在山寺，显然是不行的，苏轼为居所犯了难。后来，一家老小在紧邻长江的驿站临皋亭聚居。这里不仅狭小，且潮湿颓败，但毕竟是一个家了。有家人的地方，就是家。

闰之是治家好手，但于文学上，并不能给苏轼安慰。朝云的聪颖和善解人意，成了潦倒的苏轼的心灵知音。她对他完整的崇拜，是他最大的支撑。他在她清炯炯的眸子里，总能捕捉到生命的愉悦和纯净。所以，虽"小屋如渔舟，蒙蒙水云里。空庖煮寒菜，破灶烧湿苇"，他并未丧失对生活的热忱。

不久，马正卿的到来，改变了苏轼的窘境，也重新唤醒他对友情的信念。马正卿去找当时的黄州太守，想为生计无着的苏轼争取一片田亩，给他耕作，在田园里丰衣足食，优哉游哉，弃却贬谪的落拓沉寂，可惜未能如愿。直到继任太守徐君猷到来，马正卿的愿望才得以实现，黄州城东的一块坡地，归由苏轼所有。

在马正卿的帮助下，苏轼一家不仅开辟出五十余亩田地，因临皋亭太狭窄，还于东坡的空地上搭建了数间草屋。草屋落成之时，瑞雪纷坠，许久不曾如此欢愉的苏轼，兴之所至，在墙壁上画满了清雪，最后干脆将草屋命名为"雪堂"。

从此，苏轼就像他仰慕的诗人陶潜一样，过起"晨兴理荒秽，带月荷锄归"的田隐生活。因白居易贬谪时，曾有"持钱买花树，城东坡上栽"句，苏轼便自号"东坡居士"。他买了耕牛，和家人一起在田间播稻麦、种菜蔬，虽疲累，却其乐融融，那些俗世的蝇头微利，蜗角虚名，都抛诸九霄云外。

此时，那些经得起世事之火检验的好友，像马正卿、陈慥、参寥子、杨世昌、张怀民等，时常和苏轼或聚于雪堂，把盏醉吟，或游于山水，幕天席地，更使他心怀得慰，黄州这个贬谪地，反成了苏轼的逍遥处。他的襟怀比往时更宽阔，一种分外淡然从容的心态，使其顿觉天地澄净，纤尘不染，欢喜不胜。

这年三月，苏轼和友人饮酒归来，过沙湖道，带雨具的仆人先行而去。此时，风雨突至，同行者都忙着躲雨，狼狈奔窜，唯独苏轼不屑风雨，仿若无事般徐行吟啸，归来有感，立作一阕《定风波》：

莫听穿林打叶声，何妨吟啸且徐行。

竹杖芒鞋轻胜马，谁怕？一蓑烟雨任平生。

料峭春风吹酒醒，微冷，山头斜照却相迎。

回首向来萧瑟处，归去，也无风雨也无晴。

『释义』

不必理会穿林打叶的风雨声，尽管视若无睹地吟啸漫步！竹杖芒鞋轻盈至极，胜似骑马，这风声雨声，何必惧怕？披蓑衣于烟雨间，度此一生，也无不可！春风带着清寒，缓缓吹醒我的酒意，举目望去，远处山头已罩上秀艳斜照，回首来时风雨路，不由粲然一笑。心静如湖的我，转身，挂杖，朝着家的方向行进，不管是雨是晴！

秋月明，秋风清。这夜，苏轼和几个好友于雪堂畅饮，尽欢而散。安顿好友人，苏轼才返回临皋亭。一路上，他挂杖而行，跟跟跄跄，就如同他沉浮不定的宦海。待他伫立门前，隔着门板，听得守门家童已鼾声如雷，他并不气恼，只是微微一笑，转身走近江畔，细听那隐约的涛声，一种潜藏心底已久的隐世之念，悠然而至。翌日，写得《临江仙》，记其事：

夜饮东坡醒复醉，归来仿佛三更。

家童鼻息已雷鸣。

敲门都不应，倚杖听江声。

长恨此身非我有，何时忘却营营。

夜阑风静縠纹平。

小舟从此逝，江海寄余生。

『 释义 』

在东坡畅饮，醒醒醉醉，醉醉醒醒，酩酊归来，已是三更。我在临皋亭外，听得家童鼾声如雷鸣，敲了敲门，仍无人应，便倚着竹杖，聆听隐隐传来的涛声。我常慨叹，此身非我所有，总在宦海沉浮不定，难以自主，不知何时，方可忘却尘俗羁绊！夜深风息，江水也沉静下来，像铺开的绢绸。此情此景，我只想抛开俗世，寄扁舟于浩渺江海，任意西东。

那天，苏轼独自来到惠定寺，日暮而归。朝云为他煮好茶便歇息了，他一人走出屋外，仰望天色微弱的夜空，只见一只鸟影忽闪而过，他心里一惊，想起昔时寄居于惠定寺的那个幽夜，他于斜月之下，暮然遇见孤鸿的情形，不由慨然。仿佛有什么牵着他的手，引他来到案前，使其挥毫写下这阕《卜算子》：

缺月挂疏桐，漏断人初静。

时见幽人独往来，缥缈孤鸿影。

惊起却回头，有恨无人省。

拣尽寒枝不肯栖，寂寞沙洲冷。

『释义』

一钩残月，斜挂于疏落的桐树树梢，此时，滴漏声已断，人声已寂，天地一片静寂。缥缈无眠的孤鸿，看到徘徊沉默的我，仿佛看到它自己。我陡然抬头，回首，带着无人理解的幽恨，打量那只拣尽寒枝，仍盘桓无所栖止的飞鸿，但见它，甘愿在沙洲受冷，无惧那潮涌而至的层层寂寞。我，也是一只如它一般的孤鸿吧？

9

黄州时期，元丰六年九月，苏轼和朝云爱的结晶——小儿苏遁出世。苏轼虽已有三子，但苏遁的到来，仍带给他为人父的无上喜悦。这个"遁"字，取《易经》中"遁"卦，寄义远离宦途坎坷，归隐逍遥。苏轼这般名满天下、才如江海的大学士，只希望新生儿能做个欢愉的平凡人。他为儿子作诗："人皆养子望聪明，我被聪明误一生。唯愿孩儿愚且鲁，无灾无难到公卿。"这个小生命，给苏轼和朝云两人，也给全家，带来了无数欢声笑语，他们都忘了自己还身在贬谪之处。看着一脸笑颜抱着小儿的朝云，苏轼觉得，这是她最动人之时，她是他的妾，是上天赐予他的一片云彩，出尘缥缈。

元丰七年三月，诏令下达，苏轼被调到毗近汴京的汝州任团练副使。四月，早已把黄州当成家园的一家人，忍痛惜别此地。谁料想，因路途奔波，餐风饮露，苏遁不幸在旅途染疾，七月二十七日，夭于金陵。这给苏轼和朝云的打击是难以言喻的。早已练就达观心态的苏轼，亦无法说服自己接受这一事实。朝云更是痛彻心扉，几欲轻生。闰之苦苦安慰着他们，自己也忍不住掉下泪来。这种悲痛，实在折磨杀人！自此，朝云便一心向佛，在经卷中寻找慰藉。苏轼更是看淡世事，他请求暂不前往汝州，欲寓居常州。

元丰八年三月，神宗驾崩。幼帝哲宗即位，高太后垂帘听政，打压新党，重启旧党，六十七岁的司马光复为相位。苏轼复为登州知州，很快，又被召入朝，初升起居舍人，后又升翰林学士，主管制诰及礼部贡举，声名达到顶峰。但他并不快乐，清醒如他，不久就发觉，党争实在好没意思，不过是势力之斗，所谓斗争之名目，幌子而已。旧党和新党，本是政治立场不同，但出发点都是为了国计民生，现在看来，两者早已忘却初时路，将局势搅成一摊泥沼，实在糊涂。即便司马光，也不能免俗。

此时，苏辙已为御史中丞，兄弟可以得见，是苏轼置身朝中仅有的欢喜。

元祐四年，五十四岁的苏轼请求外调，出任杭州太守。

杭州，他又回到了它的怀抱！这梦境般美妙的灵秀之地，也是他和朝云的定情之地。多年未见，它明媚依旧，温柔依旧，他则沧桑遍经，风尘满脸。他没想到，此生还能再次与它相晤！朝云和他一样激动，她好久没这样兴奋了！苏轼拉着朝云纤细的手指，望着她有些憔悴但仍婉曼的脸容，不胜欢欣，不胜叹慨。那个十二岁的小歌女，俨然已为娴静如柳的少妇。他们共历过岁月的霜雪，骨肉已紧紧相连。

在杭两载，苏轼相当快意，但同时，他仍竭尽所能地为地方兴利除弊，为万民带来福音。西湖久未疏浚，以致草芜淤塞，湖水渐涸，农事受扰，苏轼便动用二十余万人力，疏浚、筑堤，人称"苏堤"。当时传染病流行，他还兴办病院，以助染疾者渡此难关。

来不及好好品味在杭州的日子，元祐六年，苏轼又被召回，任礼部尚书，却仍因政见难于合众，八月，他被外放任颖州太守。六个月后，元祐七年二月，再次召回，任兵部尚书，复任礼部尚书，不久又外放扬州，任太守六个月。

元祐八年八月，四十六岁的闰之，逝于繁华的汴梁。苏轼一家沉入悲痛的深海。朝云想起这些年闰之对她的慈爱，仿佛失去母亲般凄楚断肠。苏轼更是把自己包裹在孤独里，不愿见人，二十六年夫妻之情，早已化作浓浓的亲情，如今她这一去，此生将不复再见！惜哉！痛哉！怅哉！"可怜吹帽狂司马，空对亲春老孟光。"他的孟光永去了！

来不及任悲伤绵延，九月，向来赏识苏轼的高太后崩，哲宗亲政，强力打压元祐党人，苏轼被外放定州。朝中风云突变，宦海波澜迭起，苏轼不由喟叹："两年阅三州，我老不自惜！"

10

绍圣元年，苏轼昔日的好友、现在的对手章惇为相，在其挑拨之下，苏轼被发配岭南，先贬到英州，再贬到惠州。这时，苏轼五十九岁，朝云三十二岁。惠州边远荒蛮，苏轼起复似已无望，那些跟随他的姬妾相继散去，各奔前程，唯有朝云甘愿随之南行。这使年迈的苏轼不胜感慨，对朝云的爱怜，亦更浓深。为此，他后来作《朝云诗》，以示感念：

> 不似杨枝别乐天，恰如通德伴伶玄。
> 阿奴络秀不同老，天女维摩总解禅。
> 经卷药炉新活计，舞衫歌扇旧因缘。
> 丹成逐我三山去，不作巫阳云雨仙。

『**释义**』

你不像樊素离开乐天那样，离开我，而如樊通德相伴刘伶般，陪着我。李络秀有儿子阿奴相伴，你却只能像天女维摩般，参禅向佛。早已弃绝舞衫歌扇的你，每天除了煎药，就是阅经。在你心中，只愿炼就仙丹，同我远离尘劳，飞升三山，逍遥做仙眷。

身为贬官，苏轼在惠州并无实职，且要受到监视。初到黄州的那些感受，又回来了。但毕竟他已是百般磨砺的人，很快就坦然。他要像善待黄州一样，善待这陌生的惠州。它会成为他的新相知。

苏轼没想到，他的大名，连远处南荒的惠州人都知道，更没想到，他们竟那般敬爱他！一下船，他就被拥挤在岸上的人众笑语相迎，仿如故人。心绪低落的苏轼，不由泪眼蒙眬，渐渐露出暖融的微笑。

惠州知事詹范，无视苏轼罪官的身份，安排苏轼及随行的朝云，以及年已二十二岁的苏过，于合江楼居住。苏轼在此居住一年有余，又在白鹤峰筑屋而居。

苏轼虽无官职，仍在游山玩水，饱览南国奇景之余，心系百姓疾苦。为方便百姓出行，苏轼提议修建浮桥，并捐出所有朝廷所赐的物品，还去书恳请弟弟援手，工程终究完成。他收集药物，为人治病，推广新式农具，减轻劳力。他的仁心热忱，惠州百姓都看在眼中，他也在他们的友善中，遗忘掉被贬谪的落寞。当然，他最欣慰的，还是有朝云不离不弃的知心相伴。那年端午，他看到美丽的朝云，碧衫云鬟地伫立在他眼前，心里不由一动，那种强烈的永好之愿，再次袭上心头，便填得一阕《浣溪沙》：

轻汗微微透碧纨，明朝端午浴芳兰。
流香涨腻满晴川。

彩线轻缠红玉臂，小符斜挂绿云鬟。
佳人相见一千年。

『释义』

微汗轻轻渗透碧绢制成的衣衫，你于明日，便可沐浴芳兰之汤，那时，满川都将涨溢着妇女们的香脂腻粉。你将和所有女子一样，玉臂上缠着彩线，云鬟上簪着小赤符，如是，在上苍的庇佑下，我们便得地老天荒地相依相伴，永世不离分。

这样浮世永好的念想，总归奢望。绍圣三年七月五日，追随苏轼二十余年的朝云，因染瘟疫，终究不治，弥留之际，她握着苏轼苍老却温暖了她一生的大手，气若游丝地喃喃道："一切有为法，如梦幻泡影，如露亦如电，应作如是观。"诵毕，清眸微合，色如春雪，便如一缕朝云，袅袅远去，时年三十四岁。

年逾花甲的苏轼，颤抖着，几不能言，只任浊泪纵横。一生遭际，坎坷奇崛，他都不曾大放悲声，此时，却痛不可忍。在那起伏的战栗中，他感到他身体的一部分，泯灭了。现在的他，已是残生。

八月，朝云葬于惠州西湖南畔栖禅寺幽林间。苏轼于墓侧筑亭纪念，因朝云遗言中有六个"如"字，故名"六如亭"，并题楹联："不合时宜，唯有朝云能识我；独弹古调，每逢暮雨倍思卿。"

梅花开了，那是朝云最爱的花，他已为她遍植西湖。岭南的梅，迥异他处之梅，其花纯美，其叶带艳。往时，都是朝云陪他赏梅，为他吟诵，替他斟酒，而今，伊人已去，只他一人，对此梅花，不胜伤情。他觉得那梅花，就是朝云化身，那般清丽绝俗，那般格韵高绝！他悠悠地想起许多往事，想起许多和朝云共度的时光，不觉天色已黄昏，沉沉的夜，又要来了。他只能用无声的诗篇，抵抗那绵绵相思。远离京华的老者，在一角灯光里，轻轻挥毫，填得一阕《西江月》，那是他寄给她的一枝妍梅：

玉骨那愁瘴雾，冰姿自有仙风。

海仙时遣探芳丛，倒挂绿毛幺凤。

素面翻嫌粉涴，洗妆不褪唇红。

高情已逐晓云空，不与梨花同梦。

『 释义 』

玉骨冰姿，无须惧怕瘴气侵袭，你的仙韵，赢得天使探看，原来，它是倒挂枝梢的绿鸟！你皎白无瑕，胜似铅华相敷，你红艳如醉，即便凋落，也毫无所损。待得梨花开时，你早已无踪，高洁的情致，已随朝云消散！这怎能不使人生恨！

尾声

绍圣四年四月，繁花将尽，年已六十二岁的东坡居士，离开谪居三年的惠州，启程前往更为荒凉的儋州。伴其左右的，仍是被他称为"小坡"的幼子苏过。

那个夜晚，父子二人躺卧在一叶孤舟之上，耳畔是时而幽细时而激越的水声。小坡先行入睡了，鼻息隐隐缭绕，温暖夜的苍凉。东坡居士却久久难眠，不时发出一声浅叹，像朵朵剪落的灯花。后来，他终于睡着，轻盈的梦，遮盖住他憔悴的脸庞。

在梦里，他看到一叶空舟，在无际苍茫里漂流着，漫无目的，像一片落入凡尘的凤羽，闪着淡淡的华光。临了，忽地一串鲜艳欲滴的红豆，欢愉地，哀怨地，抛撒于舟上。不知何时，这沉睡的老者，眼角沁出泪来。这一切，只那轮孤月窥见……

李清照：
知否？知否？应是绿肥红瘦

1

李清照的一生，是一部繁华与凋落、欢爱与愁苦、安稳与流离的对照记。如此浩荡落差中，终究挤压、深掘出她生命的潜能与丰沛的文学才华，在漫长得几乎望不到边际的幽悠长夜里，投射出永不熄灭的光辉。

她的故事，是平实素净中的跌宕。

传奇，但平凡。

2

绍兴四年秋，一代词宗李清照已年届五旬。

这些年来，她历经了太多变故，深觉生之倦意。北地沦丧，赵明诚去世，是横在她心头最痛的伤痕。已更名"临安"的杭州，虽然秀绝如昔，她却毫无游兴，终日足不出户。

此时，她唯一的慰藉，是其与赵明诚穷毕生心血所著的《金石录》。书页因辗转流徙，已陈旧破损，但她仍觉得亲切。一遍遍勘读，一遍遍体味着每一字句之欢悦与辛酸。勘毕，她找出几页笺纸，赵明诚早已请托好友刘跂缀成后序，她还是要补写一篇包蕴其半生和他一生的后序，附诸卷末。

夜深烛残，蜡泪堆叠，李清照当窗俨坐，在纸页上写写停停。她思绪奔涌，笔势却极慢，生怕所落字句，辜负那令人欣喜又心碎的往昔，又怕那借助回忆再度复活的时光，也随之加快流速。是捉笔，也是捉光。

夜渐深，寒转浓，潇潇夜雨，惊颤了破敝的窗棂，她缓缓抬头，轻轻放笔，摇曳烛影里，闭目遐思。

一切，都回来了，挟裹着潮水起伏的声响……

3

李清照，出生于一个相当开明的官宦家庭。"清照"，取"清澈明媚"之意。其父李格非，山东章丘人，仕途上算不得畅遂，却颇负文誉，列名"苏门后四学士"，有《礼记说》数十万言，其绍圣二年撰著的那篇传意"洛阳之盛衰，天下治乱之候也"的《洛阳名园记》，尤为文坛所重。李清照生母王氏，乃前相王珪长女，但于李清照两岁左右，因疾而殁。同年，王珪也辞别人世。数年之后，李格非又和名宦王拱辰的孙女王氏结婚。

　　李清照继母王氏，亦幼承庭训，博涉诗书，颇通文事。李清照自幼即被诗书芳馥熏染。虽为女孩儿，但她的冰雪禀质，使李格非及王氏对其采取了极为开明的教育态度，允许其自由出入书斋，饱阅卷帙，并予以精点细拨。李清照之弟李远，小其一岁，两人同时启蒙，同受训教。李清照资质超拔，李远非但不生妒念，反多增敬意，以姊为师。李清照自是有问必答，无不细加详说。

　　十六岁之前，李清照一直都在原籍明水生活。那里远离京华，却有着如画风光和乡野的自在悠游，为其一生不羁情性之养成，打下基础。她在那里饱览典籍和自然的奇异妙美，她是诗卷和自然共同的女儿，它们给养了李清照不竭的诗思。

　　哲宗元符二年，李清照和李远随母王氏来到繁华的汴梁。接下来的数年，是李清照的繁华时光，也是她心中不灭的描红点翠之大宋剪影。

　　抵京未久，李清照因父亲的关系，结识了亦师亦友的前"苏门四学士"之一晁补之。李清照很欣赏晁补之的诗文及为人，晁补之对李清照的惊才绝艳更是叹赏有加，推崇备至。

　　李格非对女儿的文学上，虽多有指导，但他擅文并不擅诗。晁补之则以诗名世，他对李清照的指点，无疑使她诗艺更为精进。李清照之前一直都有诗作，只是还不成气候。此时的李清照，茅塞顿开，诗才大放，小词进步尤速。很快她就交出了和张文潜的两首《浯溪中兴碑诗》，以及两阕《如梦令》。

湖南浯溪，以摩崖石刻闻于世，由唐代诗人元结所作，大书法家颜鲁公（颜真卿）所书，摩刻于崖石之上的《大唐中兴颂》碑尤为人所重，被视作摩刻神品。同为苏门弟子的黄庭坚、张文潜，分别为摩崖碑写下《书摩崖碑后》和《读中兴颂碑》。诗中均有诸如"安知忠臣痛至骨，世上但赏琼琚词"以及"水部胸中星斗文，太师笔下蛟龙字""百年废兴增叹慨，当进数子今安在"的佳句。此二诗，皆被时人叹为绝唱。但李清照和张文潜的两首《浯溪中兴碑诗》，却劲拔超绝，情思并至，奇气横溢，后来居上。其中"子仪光弼不自猜，天心悔祸人心开。夏商有鉴当深戒，简策汗青今俱在""时移势去真可哀，奸人心丑深知崖。西蜀万里尚能返，南内一闭何时开"，对"安史之乱"进行了锐敏精警的洞察与省思，有金石裂帛之声，全然不似少女笔触。

真正使李清照名动一时的，却是两阕《如梦令》：

常记溪亭日暮，沉醉不知归路。
兴尽晚回舟，误入藕花深处。
争渡，争渡，惊起一滩鸥鹭。

『释义』

我常记起离开明水之前的那次游赏，正值日暮时分的溪亭，酒沉心醉，顿时遗忘了归路。那就且待兴致消尽，酒也渐渐醒转，方才归去吧。这样晚归，要遭受责备的，那也没有法子，责备便责备吧。无论如何，到底痛痛快快玩了个尽兴，仿佛真真切切做了回风流名士！管他什么世俗礼法！归去时，天色昏暗，一不小心，小舟误入密层层的藕花丛中去了，便慌张地掉转船头。那一刻，惊动了已然栖息的鸥鹭。只听得扑棱棱飞鸟掠过水面的声音，清脆若漫天的疏星撒落。

昨夜雨疏风骤，浓睡不消残酒。

试问卷帘人，却道海棠依旧。

知否？知否？应是绿肥红瘦。

『释义』

昨夜，风劲急，雨疏落，饮酒太多，直至清晓醒来，酒意仍未消尽。突然想起庭院那株海棠，不知被夜来风雨摧折成什么模样了。问卷帘而进的侍女，她却敷衍道，不过老样子。我虽残醉未却，也不是可以这样轻易被敷衍的。我想，那株海棠定然已变换了样貌。紧实的树叶，大多还在枝头残留，经过雨的润泽，会显得更青翠肥厚；那娇嫩的海棠花，想必凋落了不少花瓣，会显得消瘦不堪。于是，我对侍女摇了摇头，淡淡说道，知道吗？知道吗？应是绿叶润肥，娇瓣清瘦。

这两首小词，清新如春露流转，意境纯净而轻俏，短幅中曲尽无限情韵思致。"绿肥红瘦"句，更是工巧天成，横绝今昔。

不久，这两首小词便在京华文士词家中传扬开来，可谓，口口传诵《如梦令》，人人争说李清照。中国词史上执牛耳的女宗主，已然裙裾轻启，身至词国的黄金台畔。

4

徽宗建中靖国元年，汴京城的元宵佳节，真个是捻得出粉，掐得出胭脂，撕得出绮绣金粉的繁华盛景。这个"天碧银河欲下来，月华如水照楼台""火树银花合，星桥铁锁开"的人间盛时，和家人一道前来赏灯游乐的李清照，在大相国寺邂逅了赵明诚，那个缠绕她心头一生的男子。

那晚，身为太学生却偏爱搜聚金石之物的赵明诚，和好友李迥结伴而行，本想在这样热闹时节，大相国寺定可见到平素难得一见的古玩旧卷，没想到，竟遇见了李迥的堂妹李清照，他一生的珍藏。

赵明诚对李清照的词名早有耳闻，但因沉迷金石之中，就少有留心。即便和李迥交好，也不曾向其打听过。灯影微风里，两人虽对面相伫，却不过三五句客套话，再无多言。尽是李迥高山般挡阻其间，都是他的话，滔滔来，复滔滔去，好像什么也不曾说过，反正李清照和赵明诚都不曾听进去一字半句。他们在另一个摒绝了语言的世界里，蕴万语千言于盈盈眼波中。这一见，她记住了他，他也不会再把她忘记。

对两人而言，此番归去，一切都变了。时间变得漫长，心口变得窄狭了。已过弱冠之年的赵明诚，向来不把婚事放在心头。其父吏部侍郎赵挺之，母亲郭氏，眼看着长子存诚、次子思诚皆已婚娶，且有子息，季子明诚也早到婚配之时，他却无心婚事，很是焦急。然而，这年元宵过后不久，出乎赵家所有人意料，赵明诚这个书呆子、金石迷，竟主动提起婚事。赵挺之问明诚可有中意人选，明诚支吾不言，只说近梦"言与司合，安上已脱，芝芙草拔"几个残句，不知何意。赵挺之揣摩一番，得出"词女之夫"四字，方才恍悟，儿子是要迎娶一位词才华赡的女子为妻。看来，这是天意注定，不可抗违的。

赵挺之一打听，得知当时正蜚声京洛的词女李清照，乃元祐旧党李格非之女，和持变法之姿的自己所列政治阵营不同，不由得有点犹豫踟蹰。但赵挺之并非心胸狭隘之人，他对李格非的文才人品也向来敬服。李清照的词，赵挺之反复看后，深为其词艺的超绝所撼，终究决意弃却政治上的冲突羁绊，力使赵李两家结为姻亲。

李格非在得悉赵家的请求时，和赵挺之最初的心绪是一致的，最后的决意，也毫无二致。再说，赵明诚是李格非的学生，其品貌才情，他自是知根知底，和女儿原是不能更合适的一对佳偶。

赵挺之和李格非，都是正直的儒生，不过政治立场不一罢了。儿女婚事，乃是私事，又何必过分在意？赵明诚和李清照自此亦都无反对之意，很快，就在喧闹的喜乐中成其大礼。

烛影摇红的绣幕锦帐前，谁都不相信这是真的，他们竟成执子之手、与子偕老的夫妇。此时非梦偏似梦。这年，赵明诚二十一岁，李清照十八岁。一个是才貌仙郎，一个是漱玉才女。

新婚伊始，赵明诚仍为太学生，每天就学，归来。虽然单调却也有些忙碌。李清照无非和赵家众女眷待在绣阁画栋里。几乎天天都见得到，也嫌别易见难。两人最欢悦之时，便是每逢朔望之日[1]，赵明诚告假请出，夫妇俩因积蓄有限，抵押衣物换得几

---

1 朔望之日：农历每月初一叫朔日；农历每月十五日为望日。

百铜钱，前往百物俱全、市声喧嚣的大相国寺淘置碑文旧物，顺便买回新鲜果蔬，回到家中将淘来的宝贝相对展读把玩之时，那种涌溢于肺腑的会心与舒展，是无以言表的。在李清照看来，那些瞬间，她和赵明诚都回到了时光的至深处，俨然葛天氏之无忧生民。

新婚燕尔中的李清照，也会表现出小小娇痴，和普通女儿家并无二致，像这首《减字木兰花》：

卖花担上，买得一枝春欲放。
泪染轻匀，犹带彤霞晓露痕。

怕郎猜道，奴面不如花面好。
云鬓斜簪，徒要教郎比并看。

『释义』

大相国寺买得卷轴归来，顺便在花担上买了一枝含苞待放的花朵，那真是娇媚绝丽。最喜人的是，花瓣上还停留着晨露，流转着，闪烁出迷人的光华。露里看花，花美若霞染。想戴上这枝花，又怕你说，人面不如花颜娇。若此，我必伤心黯然。但我还是觉得人面胜花颜。为了得到你的赞赏，我将自己精心装扮，将精巧别致的簪子，斜斜插在云鬓间。郎君，你且说说，人面与花颜，谁个更娇，谁个更艳？

除了平日里和赵明诚搜集金石，李清照独处时还会读诗填词，也会和其他女眷外出冶游，她的生活还是很丰富的，如这首《庆清朝慢》：

禁幄低张，彤阑巧护，就中独占残春。

容华淡伫，绰约见天真。

待得群花过后，一番风露晓妆新。

娇娆艳态，妒风笑月，长殢东君。

东城边，南陌上，正日烘池馆，竞走香轮。

绮筵散日，谁人可继芳尘。

更好明光宫殿，几枝先近日边匀。

金尊倒，拼了尽烛，不管黄昏。

『释义』

和姊妹们共赏禁苑的千草百花，实是难得的乐事。精巧的朱栏，守护着低张在花上的帐幄。那是我心仪的芍药花，她懒与群芳争艳，在繁华凋尽时静静盛放。你看她素雅出尘，淡泊遗立，自有一番绝俗的丰神和真淳。那份清新天然，宛若晶露打湿的清晨，刚理过新妆的妙龄女子。她虽一身素色，却素极而妍，戏弄春风、嘲笑春月，司管春天的东君也被逗弄得忘却归去，久久回眸。

汴梁的城东和南陌，总是日色潋滟，时刻融冶着那里的亭榭池馆，一拨又一拨的看花人，乘着金车翠辇，盈盈笑语，不胜欣喜。弥散的花香，纠缠着来往不息的车轮，连那碾过的尘土都有了芬芳。华丽的盛宴总要散，好花总会落尽，不知那时，什么花可以延续其倾世之姿？近在日边的几枝花儿，最是清丽，直使人流连不忍离去。我只想对着名花畅饮美酒，哪怕秉烛夜赏也不惜，更别说天色已黄昏。

那是李清照的"中州胜日"，是她毕生追忆的星辰碎片，耀目而尖锐。

5

建中靖国元年十一月二十三日，徽宗改元"崇宁"，取"尊崇熙宁新政"之义。这意味着新党再度当权，旧党重被排挤。新党代表蔡京和赵挺之皆一路高升。六月，赵挺之被授尚书右丞；七月，蔡京入相；八月，赵挺之被授尚书左丞。他们大力讨伐旧党，斥之为"元祐奸党"。李格非却被列入元祐党籍，其名被徽宗书于党人名单，刻碑端礼门。列名党碑的官员，或关押，或远谪，未经允准，不可迁徙。

一时间，赵李两家的关系变得异常紧张。一向高傲的李清照，为了父亲，不惜放下姿态，请求赵挺之援救，却遭到了严厉的拒绝。李清照气愤之下，以"何况人间父子情"之句，上诗赵挺之。最终，李格非未被关押或远谪，只是被逐出京，返归原籍明水。这对李清照的打击是可想而知的。原来那层幻美面纱揭去之后，要面对的，是生活的泥泞严峻。她和赵明诚的关系，也在无形中受到干扰，有所疏离。

崇宁二年，赵挺之被授中书侍郎，赵明诚亦出仕为官。虽在京师，李清照夫妇二人已不能如从前每日皆可相见，淡淡相思自是难免。但总体上一切都还在有序进行，很快就会习惯。只是世事变幻无定，徽宗下诏"宗室不得与元祐奸党子孙及有服亲为婚姻，内已定未过礼者并改正"，且严禁元祐党人子弟居京。这对身为党人之女的李清照来说，不啻于一个噩耗——她必须离开京师，离开赵明诚，也返归明水原籍。

这是李清照和赵明诚第一次真正的别离。人生的痛感，在她的生命里开始更真切地张开了裂口。

送别时分，晨曦清凉似水，古道杨柳衰飒，李清照不得不从赵明诚手中抽出自己的纤纤素手，含泪转身，掀开帘幕，坐上将行的车辇。李清照虽不喜柳永词里那些化不开的俚俗，这一刻，却不由自主想起那句"执手相看泪眼，竟无语凝噎"，顿觉体贴入心，曲尽离人心头的千丝万缕。看着身影渐渐变小的赵明诚还在蒙蒙光色中伫立远望，李清照不由得泪倾如雨。尚在眼，心已乱。

回到明水老家，李清照不得不劝慰深受挫伤的父亲。她也领悟到，一个人，需以不羁之怀拥抱浮世之起跌浮沉。正值此时，远方传来苏轼逝世的消息，父女二人都是苏轼的追慕者，他们都为这位百年不遇的一代文豪之死而悲悼不已。他们找出家藏的苏词重读，无所顾忌地交流谈论，不禁为东坡居士那身处低谷而依然放达的气度深深折服。

心绪平复下来之后，不仅怨尤尽消，还把这段静居时光作为读书著述的良机。李清照也是那时开始爱上陶诗的。陶渊明是她心中唯一完美的诗者。

安顿了世事，却安顿不了相思。两地分居的日与月，总是更长梦短，时时处处相思熬红豆。赵明诚也会寻隙远来，探看李清照，但于这对新婚夫妇而言，还是太短暂。赵明诚不舍离去，离去又频频寄书慰问。李清照更不堪这离愁的缠绕，除却反复细味赵明诚的来书，就是更频繁地回书，解相思，又寄相思。

文心锦绣的李清照，总把绵绵心事，针线细密地缝进一首首小词里，其中尤以那首传唱千古的《醉花阴》为绝妙。

薄雾浓云愁永昼，瑞脑消金兽。
佳节又重阳，玉枕纱厨，半夜凉初透。

东篱把酒黄昏后，有暗香盈袖。

莫道不消魂，帘卷西风，人比黄花瘦。

『释义』

离别的重阳，你我无法共度了。风，已刮了整整一天，天色暗沉，漫天雨云郁积，就像我心中缭绕的愁绪，苍茫无边。长长的白日终要过去了，我的愁却还如影随形，不曾离去。独坐屋中，懒懒地，毫无情绪，拿着小小镊子，拨弄兽形香炉里的瑞脑香，让香气轻轻地、缓缓地弥散开来。不觉间，黄昏已过，夜色已浓，我转身回到碧纱厨，枕着纯净无瑕的玉枕，半夜的凉气刚将全身浸透。

托腮无寐，望着窗外淡淡的月色，想起黄昏时分，我一人把酒东篱的孤清。篱前的淡菊，和陶渊明的黄花一样高洁秀隽，只是无你相伴，去赏那花中隐者的绝尘丰姿。便是此时，我衣衫之上，仍依稀有暗香残留。此景此时，怎不使人伤怀蚀骨呢？西风乍起，卷帘而入，我憔悴的容颜，竟比窗外的黄花还要消瘦。

赵明诚收到这首小词，看了又看，既感觉到妻子的无尽思念，又为其惊才绝艳而钦慕不已。他虽投身金石，也颇善诗词，却自知与妻子的词相比是不及的，当然，全天下的词客，也未尝可及。他被这首小词激出兴致来，于是闭门不出，三天三夜，连写五十首《醉花阴》。写完之后，赵明诚邀来好友陆德夫，拿出所填之词，并将李清照那首夹杂其间，给好友鉴赏。

陆德夫一气看完，叹赞不已。赵明诚激动地追问，哪首最佳？陆德夫不假思索地直言"莫道不消魂，帘卷西风，人比黄花瘦"那首，实是绝妙，其余的就还好。赵明诚心内又惭愧，又替妻子自豪，便道出实情。陆德夫但笑不语，他知道，那样情辞真挚又才气绵藏的妙句，除了李清照，再无二人写得出。赵明诚对李清照文才的敬服，自此更添了一层。

李清照喜欢独自出游，到山光林影里寻诗觅句，遣兴寄情。秋意渐浓，触目尽萧索。这日，她斜倚在玉簟之上，只觉隐约的凉意传来，令人有些禁受不住，她想到，常去游赏的那亩荷塘，必已叶残花稀了。一下子，她来了兴致，决定要赶在一池红翠消泯之前，再看一眼那残影。于是，她解下罗裙，换上便衣，去到那荷塘，荡一船幽幽清愁。

《一剪梅》
红藕香残玉簟秋，轻解罗裳，独上兰舟。
云中谁寄锦书来？雁字回时，月满西楼。

花自飘零水自流，一种相思，两处闲愁。
此情无计可消除，才下眉头，却上心头。

『 释义 』

红色的荷花，在霜风中凋败了，淡淡残香还挣扎着不愿消散。玉簟上无眠的我，想去凭吊那形将零落的碧叶红蕊，因欲荡舟，解下曳地绣裙。一个人，坐于画船之上，在残荷间缓行。满目残红，不由使我想起你来。远在京师的你，是否也在想我，想我尚未寄你的锦书？你是否也会在西楼栏前，遥望那钩残月，无限孤寂？你看到替我寄去锦书的雁字，是否也觉得，那钩残月已变得圆满了，只因，你的心不再孤单？

我又何尝不是如此？画船上，看着落花独自飘零，水独自流淌着。你在我的思念里遥望，我也在你的思念里凝视，一条相思线，牵系着两处的愁人，无从剪断，难得慰藉。这份愁情，以为已远离，跌落眉头，不承想，早潜进我的心头，纠缠难自去。

离居明水的三年里，李清照和赵明诚仅仅会面数次。她没想到政事带来的影响会如此巨大，生生撕裂她的爱情和安逸。无奈及义愤之下，李清照再次上诗赵挺之，表达她对其袖手旁观的不满，中有"炙手可热心可寒"句，道尽心中炎凉意。

6

崇宁五年，徽宗毁元祐党人碑，天下大赦，一切党人之禁悉为除去。李格非、晁补之等元祐旧人复被叙用，但禁到京华。

李格非早已堪破世态，依旧静居明水，过起了无羁无绊的闲散生活，不过数年，就辞别了这个让他爱憎交集又终究释怀的世界。

赵挺之和蔡京同为新党，但两人除阵线一致外，其他方面都格格不入，势同水火。这年，赵挺之进拜尚书右仆射，与蔡京的争斗已呈白热化，屡向徽宗陈进蔡京之奸恶。二月，蔡京罢除相位。宦海翻波，谁也猜不到明朝谁浮谁落。

二十三岁的李清照，小历沧桑，重返阔别的京华，不免感慨。她已习惯和赵明诚梦里相见，真实的他如今近在眼前，竟觉万般不真实。直到他拉住她的手，熟悉的暖意覆盖她每一根纤指的那刻，她忍了又忍的珠泪，还是碎了一地。

此时，赵存诚为卫尉卿，赵思诚为秘书少卿，赵明诚，已为鸿胪少卿。赵明诚在经济上虽已独立，然而他对金石的投入太大，积蓄仍有限得很。返京的李清照，无疑是赵明诚极为重要的助手，为他减轻了不少负担，解决不少问题。当初被兀然剪断的好时光，似乎又续接上了。

赵李二人，在这段时光里，放弃一切享乐，节衣缩食，四方奔走，立志要搜尽天下古文奇字。那时，赵挺之居要职于朝中，赵存诚、赵思诚亦为朝中文官，赵明诚得以在馆阁看到亡诗、逸史，鲁壁、汲冢所未见之书，就勤力抄录，沉浸其中，无法自拔。即便如此，无论何处见到古今名人字画，夏商周时代的奇物异器，也绝不放过，哪怕是把衣物当了去换取，亦不甚惜。纵使如此，他们还是有太多遗憾。

李清照尤其记得,被称为"江南处士"的徐熙的《牡丹图》,人家要二十万巨价方肯出手,他们想尽办法,也弄不到这么多钱,把玩了两个日夜,还是只能忍痛割爱。为此,夫妇二人心情低落了好些天,最后终于接受,世间总有好物不为己有。

大观元年,他们的好时光又被剪断。蔡京重复相位,赵挺之不久被罢相。赵挺之身体越来越糟,已无心力同蔡京诸人应对。三月,一生跌宕于政坛、毁誉相参的赵挺之撒手而去。整个赵家笼罩在一片愁云惨雾之中。李清照没想到,明水归来未久,就出了这等大事。她隐隐预感到,荣宠一时的赵家,已在风雨欲来的当口。接下来会怎样,她并不知道,但绝非坦途。

果不其然,赵挺之尚未入土为安,即遭蔡京构诬,赵氏族人俱被收监,李清照自在其中。牢狱被无边幽暗笼罩着,希望极渺,唯有等待,无可奈何地等待。李清照已了解官场的险恶,人如同漂泊在看不见光的大海上,波翻浪卷,暗礁处处,触到了,也许就沉没了,再无生还之夕。

没想到,因欠力证,七月,李清照和其他赵氏族人被释出狱。首次受牢狱之苦的李清照,已不堪受,站在宽阔光亮里的刹那,她有再世为人之感。

蔡京并未就此放过赵家。赵挺之被追回所赠的官职,赵明诚兄弟三人的荫封也被免除。而且,赵家被驱逐出京。

大观二年初,赵明诚夫妇随郭氏返归青州旧居生活。李清照没想到,这陌生之地,将承载她一生中最欢愉的一段悠悠时光。

青州一住，就是十载。她后来常对自己说，有这十年，此生便已赚得，即死亦无憾。

这时，和李清照亦师亦友的晁补之，已归其旧乡济州，筑"归来园"，并自号"归来子"，彻底弃绝仕途，步陶渊明隐世的后尘。李清照和晁补之相距甚近，真是难得的欢悦。李清照也对陶渊明诗品人品甚是追慕，将她和赵明诚的书斋名为"归来堂"，她的居室名为"易安室"，取"慎容膝之易安"之意，自号"易安居士"。自此，李清照便以"易安"其号闻于世了。

赵明诚仕途陷入黯淡，但他很快就投身金石搜集之中。在他看来，金石才是他正业，仕途不过糊口生计罢了。虽被贬黜，但日子过得还算衣食无忧，只是也并无余资，几乎所有积蓄都用在了金石上。他们并不后悔。因为，所得到的快慰要远甚于所失去的钱财。

每得一书，夫妇二人便喜不自胜，共同勘阅，再将之编好序次，插入标签，书封上题好所得缘由或当下所触。所得典籍、卷轴、彝器、鼎彝，都会反复赏玩，若有疵病，便即刻摘出修正，每每等到蜡烛烧尽，方才依依去睡。这样倾其全力，纸札、字画方得精致完好，他们的收藏，才能成为一时之冠。

李清照学博才高，还讲求生活的趣致。古时女子生活于极有限的空间，若无些消遣的乐子，日子是乏味难挨的。李清照琴棋书画自是无所不精，但除此之外，李清照还精于赌，只是赌的境界奇高。她热衷也擅于打马[1]，总是赢家。她对打马的热衷，持续了整整一生。在她后来难熬的余生里，幸而有打马带给她一点乐趣，让她精神世界里松弛的角落一直都不曾荒芜。她后来还专门写了《打马图经序》及《打马赋》。不过，也不尽是游戏笔墨，实为寓意深远之作。在青州期间，李清照最喜欢的，则是和赵明诚的赌书之戏。

李清照博闻强记，每每饭毕，就和赵明诚到归来堂，先烹茶，通常是风雅的龙团茶，而后，在袅袅茶烟中赌书。规则极简明，即一方说出某事，让对方从堆积如山的典籍中，说出该事出自哪本，哪卷，哪页，哪行。猜中者方可先饮香茗。因太投入，谁先猜中，就激动非常，以至于大笑不止，清茶便在大笑中倾覆于怀，猜中者，反不得其饮。茶虽倾了，心底那份狂喜，却无与伦比。谁先猜中，归来堂都是愉悦的笑声，那一刻的欢愉，仿佛可以永恒。李清照觉得自己从未像此刻这样和陶渊明接近过。她是甘心这样一生一世清平淡泊的。但谁又掌控得了来日？

夫妇二人倾全力收集金石，所获至巨。为方便藏书，不得不修建书库，把书橱一一分类标识，归置好书册。如要阅读某书，要以匙启橱，在簿上记录，方能将卷帙拿出。谁若稍有损污，必

---

1 打马：打马是古代一种博输赢的棋艺游戏，棋子叫作"马"。按照一定的规则、格局、进攻、防守、闯关、过堑，计袭敌之绩，以定赏罚，判输赢。

惩其揩拭干净。护存典籍、书刻，也是心性的琢磨。他们只要遇到所慕的书史百家，字不缺损，版本无谬，便毫不犹豫地买下，储为副本。为了广搜博揽，李清照竭力节俭，少食荤腥，少穿彩衣，拒饰珠翠，居室里绝无镀金刺绣之具。他们最喜欢赏玩家传的不同版式《周易》和《左传》，将之或置于几案，或散于枕簟，总能心意相通，目往神授。两心相印，远胜俗世男女声色犬马之浮欢。那是他们真正的绮美年华吧？

7

青州期间，李清照虽致力于金石事业，其诗词创作亦从未间断，最值一提的是，她还写下自古以来第一篇女子所作的文论《词论》。文中不乏独特见解，提出"乃知词别是一家"之洞见。自此，词与诗之界限方始厘清。其精彩之处，还在于对词学诸大家的评价。

在她看来，本朝第一位大词家柳永，"虽协音律，而词语尘下"；继之崛起的晏殊、欧阳修、苏轼，虽"学际天人""然皆句读不葺之诗尔"；王安石、曾巩，"文似西汉，若作一小词，则人必绝倒，不可读也"；如晏几道、贺铸、秦观、黄庭坚，此等广有盛誉之名家，也多所指摘。出语率直，却击中要害。这份见识气魄，不让须眉。但锋芒毕露，为李清照招致不少讥讽，一个女子，竟胆敢于男子执掌的文坛"大放厥词"，是不可忍也！

赵明诚的《金石录》，在李清照的辅助之下，正于青州撰写并完成三十卷。赵明诚亲题小序，先述其对金石"自小喜从当世学士大夫访问"之热忱；继述"凡二十年而后粗备，上自三代，下迄隋唐五季，内自京师，达于四方，遐邦绝域，夷狄所传……至于浮屠，老子之说，凡古物奇器丰碑巨刻所载，与夫残章断画磨灭仅存者，略无遗矣。因次其先后，为两千卷"。"非特区区为玩好之具而已也……盖史牒出于后人之手，不能无失。而刻词当时所立，可信不疑。则又考其异同，参以他书，为《金石录》三十卷。"表其所搜之广博及勤勉；末述"所谓两千卷者，终归于磨灭，而余之是书，有时而或传也"括其所录之意。

这样的光阴，丝丝缕缕可亲可爱。李清照无数次想紧紧攒住其中的一丝丝、一缕缕，终究，只能付诸叹息。她知道，没有什么可万古不移。越是这样几乎毫无瑕疵的朝朝暮暮，越是令人心生怯意。

天才的预感，总准得惊人。李清照隐约觉得，赵明诚对她的心意有所异样。这种感觉无法说清，却像恍惚的梦，蒙在她心上，抓挠不掉。

政和七年，《金石录》前三十卷完稿。赵明诚亲为作序，并请友人刘跂作后序。夫妇二人的金石事业，无论收集还是撰述，都结出了丰硕成果。但这时，赵明诚已三十七岁，李清照三十四岁，却仍未有一儿半女。赵家亲族虽不明言，但辞色里，多多少少能看得出这方面的暗示。李清照有时也暗自神伤，但她不敢和赵明诚直言其情。她虽才貌绝世，但每次想到这一点，也难免卑微缠心的。她感激赵明诚，多年来未把此事放于心上，未尝寻姬纳妾。然而近来，在她面前，他神色躲闪，话语支吾，令她感到难言的陌生。

没多久，沉寂数年的赵明诚重被起复，被任命掌管莱州。对赵明诚来说，仕途得见天日，自是可喜。但对李清照来说，这意味着，他们的好时光过去了，再续，恐怕也续不出原来的好了。他去赴任，她怎么挽留？再说，人心已去，阻止又有何用？赵明诚只说且待莱州诸事安排停妥，再接她前去。如此，她是被留在青州了。他把他们的好时光，叫醒了。

赵明诚走后，李清照写下《凤凰台上忆吹箫》，纾解自己的低沉。

香冷金猊，被翻红浪，起来慵自梳头。

任宝奁尘满，日上帘钩。

生怕离怀别苦，多少事，欲说还休。

新来瘦，非干病酒，不是悲秋。

休休，这回去也，千万遍《阳关》，也则难留。

念武陵人远，烟锁秦楼。

唯有楼前流水，应念我，终日凝眸。

凝眸处，从今又添，一段新愁。

『释义』

瑞脑将尽，灰烬冷却在金炉里。红色锦被翻卷着，像一簇凝聚的浪波。人已起身，倦意浓，懒理蓬鬓，懒拭镜尘。无端久坐，直至日色缠上帘钩。皆因别离。心事如织，缭乱纷杂，欲诉无人，便把滑落的话语，重又收敛。镜里的我，消瘦得几乎不敢自认，这自不是多饮所致，也非因悲秋。

罢了，千万遍《阳关》，也自枉然。那是无法阻挡的步履。孤留此地的我，被无涯的烦愁紧紧纠住。也许，你正在软玉温香的章台寻欢，早已忘了愁城困锁的我吧？来到楼畔，望着流水，悠悠东去。也许，只有这流水才知我每天到此盼你归来的心绪。你仍不曾在我眸中出现，出现的，不过是，一段新愁。

冥冥中，李清照感觉到，赵明诚会在莱州和其他士大夫那样柳陌寻芳，物色姬妾。她不是不相信他，她是不相信她的时代。再说，这样的事，从前也不是不曾发生。只是很快就翻过去，两人都选择性地忘却了。所有锦绣，都有瑕疵。

日子缓缓流逝，赵明诚并无来书要接她前往。来书也少得可怜，书里的情感也淡了很多。真是盼雁，又怕雁来。一个个早晨，一个个夕暮，无趣而难耐，日子如同干枯了的花蕊。

《浣溪沙》
小院闲窗春已深，重帘未卷影沉沉。倚楼无语理瑶琴。
远岫出山催薄暮，细风吹雨弄轻阴。梨花欲谢恐难禁。

『释义』
独坐室内，透过绣帘低垂的玲珑小窗，打量庭院那影沉沉的春色。我实不忍卷帘细看，那已将朽的春色。何以春事总如是匆匆？何以离人总如是难挽？何以相思总如是难遣？独坐瑶琴畔，欲理而无从。

栏前伫望，山峦如黛，苍烟袅起，不觉已暮。不知何时，竟吹起细细凉风，那风里，缠着丝丝雨意，整个庭院被一片薄荫笼罩着。看来，风雨将至，那一树树已然萧疏的梨花，怕是经不起这番摧折了吧？春将尽，你仍未归，我的心事，便如那风雨后的梨花，沾满冰凉雨滴，摇摇欲坠。

《念奴娇》

萧条庭院，又斜风细雨，重门须闭。

宠柳娇花寒食近，种种恼人天气。

险韵诗成，扶头酒醒，别是闲滋味。

征鸿过尽，万千心事难寄。

楼上几日春寒，帘垂四面，玉阑干慵倚。

被冷香消新梦觉，不许愁人不起。

清露晨流，新桐初引，多少游春意。

日高烟敛，更看今日晴未？

『释义』

庭院萧索，已不愿出门，又是斜风细雨天气，干脆紧掩重门，枯守帘内。寒食将至，连日尽是如许恼人天气，嫩柳娇花，似乎禁受不住这份轻寒。人呢，寂寞至极，只好勉强作险韵之诗，以激起颓散的神思。不想，诗已作成，心绪依然乱如飞絮。又想以烈酒遣散闲愁，谁知，酒已醒，愁情仍未凋零。想寄书给你，奈何心事绵密，无从书起，亦难书尽，倏忽间，托书的飞鸿，早已消失了踪影。

春意尚浅，楼上的帘幕低垂，常常倚望的玉阑干，我也懒得近前。寂寞夜深，尚未梦里与你相逢，又被春寒惊醒。辗转难眠，寂寞侵袭。披衣起身，或阅卷，或吟诗，或填词，以消绵愁。不觉夜尽晓探，便卷帘放目，只见夜露凝于梧桐枝上，缓缓流转，将落未落，鲜嫩的叶尖，已显茸茸绿意。霎时，春游之念，于心底悄然拱动。且慢，待日头再高些，晨烟再敛些，看今日是否晴好，再来谈论。

8

宣和三年八月，秋意转浓，三十八岁的李清照，依依不舍地离开青州奔赴莱州，孤身上路，与赵明诚相聚。经年相思就要断绝，那个春闺梦里人很快便可见到，她有点激动，却又莫名难过。独自羁旅，像被抛在荒野，一个想抵达又怕抵达的尽头，在无形中拉扯着她心底的无奈酸楚。

那日，李清照夜宿昌乐驿馆，想念的并非赵明诚，而是青州姊妹。不舍她们，是不舍那份熟悉的热情；没有想念赵明诚，她后来寻思，是担忧即将见到的他可能有陌路之感。那比噩梦还要可怕。

《蝶恋花》
泪湿罗衣脂粉满，四叠阳关，唱到千万遍。
人道山长山又断，萧萧微雨闻孤馆。

惜别伤离方寸乱，忘了临行，酒盏深和浅。

好把音书凭过雁，东莱不似蓬莱远。

『释义』

临别时，泪水沾湿衣襟，弄花了妆容。我们一起唱着离歌，一遍又一遍，终究别离。都说远行，便须经过一重重遥遥山色，要我当心旅途风霜。现在，我独处驿馆，难以成眠，窗外雨声潇潇，更添别意。别时心已乱，早忘却别酒深浅，只记得，心如酒，深似醉。如此雨夜，且将心间的念想，化作笔底的词章，雁字转来，方才相寄。你们放心，东莱并无蓬莱之远，不久，便可抵达。

到得莱州，李清照完全证实了当初的预感。赵明诚竟真蓄了侍妾。这在当时虽是常态，尤其妻子没有子息，丈夫更纳妾有名，然而李清照完全无法接受。她总觉自己和别的女子不同些，她的丈夫一生必须只有她一人，像她一样，她也只有他，哪怕全天下男子都姬妾成群，他也绝不会令她心伤。然而，他还是这样做了。她不怪他。她只是怨，只是怨。他们的好时光，果真难延难续了。

李清照几乎整天都见不到赵明诚。公务也罢了，他总和新人相守，根本无暇与她相处。怎会是今日的境况？李清照坐在赵明诚为她安排的居室里，百无聊赖。室内不像青州家中，四处皆是她喜欢的卷轴、碑帖，可尽兴翻看。她突然觉得时光漫漫难以打发，她懊悔来此，却又不能即刻归返。只有随手从几案上拿起一本的《礼部韵略》消闲。偶翻至"子"字，就以之为韵，写得一首七律《感怀》。

> 寒窗败几无书史，公路可怜何至此。
> 青州从事孔方兄，终日纷纷喜生事。
> 作诗谢绝聊闭门，燕寝凝香有佳思。
> 静中吾乃得至交，乌有先生子虚子。

『 释义 』

寒窗破几，竟无一册经史集子，就算袁术穷途末路，也不至于如此吧？可以陋室居，却怎能居无书？你一步入仕途，就忘却斯文本分了吗？每天都在为钱财和杂务奔逐？我远道来探你，就这样被疏落一旁，视如无睹？这不是我心中的你，不是我心中你应过的日子。我只想谢绝一切无聊俗事，紧闭柴门，静居院落，寻思佳篇妙句。此时的知己，只有司马长卿赋中的乌有先生和子虚先生。现实中的知己，已难寻觅。

赵明诚蓄妾，或许并非想从此撇开李清照，只是他对婚姻的倦意来得早些，也有作为一个男人的不得已。然而他的疏离，使她无法承受。

赵明诚酷爱金石，远胜官场公务，做官的兴头一过，就又扎进金石收集中。这时，他唯一想起的只有李清照，她不仅是他的妻，更是他不可多得的助手和知己。他不能想象，没有李清照，他的金石事业会怎样，他会何等寂寞。

赵明诚时常同下属四处寻访各种古碑旧刻，每次归来都必有所获，便和李清照在静治堂把玩，品鉴，笑语琳琅，欢洽如初。那时，《金石录》全书初成，李清照将之插以书签，缥带系之，十卷束作一帙。这些琐务，她从不觉苦，只感到欢喜，在这期间，她分明确定，他们是属于彼此的，天地之间，唯他是欢，唯她是喜。每晚待下属散去，赵明诚便疾步回到静治堂，在明亮的灯烛之中，他必校勘两卷，题跋一卷，才回房休息。

靖康元年，赵明诚转守淄州。此时的他依然致力于金石事业。一个叫邢有嘉的村野之人，和赵明诚常有来往。某日，邢老先生竟捧给赵明诚一卷白香山亲书之《楞严经》。赵明诚难以置信自己有这般奇遇，他思慕已久的香山手泽，竟然正在眼前。那份激动，如同捉得水中之月。以至于他都忘了和邢有嘉作别，便上马疾驰而归，急于和李清照共赏。

抵家，已二更天。夫妇二人就着灯烛的晕黄，反复欣赏，酒兴来了就不停斟酒，以致酒渴，李清照又亲手烹制小龙团茶，接着把玩，两烛将尽，他们仍无睡意。归来堂的时光又回来了，披着幻梦般的轻纱。只是，这般光景，纵使他们愿意一起接续，天意也会相妒。

王朝的倾覆，往往只是一瞬，这一瞬，却一定经历了长久的"酝酿"。北宋长期积贫积弱，兼之朝政荒败，党祸不绝，终致虎视已久的金国铁蹄南践，步步侵犯，最后，直捣京师汴梁。其时，徽宗已然身退，自封"道君皇帝"，其长子赵桓，即位未久，是为钦宗。这对尚在靡丽繁华中沉浸的帝君父子，不承想靖康元年年底竟会国破家灭，大宋如溃。

翌年春，姹紫嫣红，阡陌如旧，宋室江山却已为俎上之肉，万民若蚁，昔之君父已为金人俘虏。或许，那个绚烂得有些张狂的春天，正是为了掩盖这个王朝过度的悲凄。

那一支胜者与败者交织的浩荡行列，于明媚阳光之下，展示着人性中最幽暗的腐朽。已废为庶人的徽钦二帝，眼睁睁望着那些曾在弘壮宫殿里和他们一起共度晨夕的后妃、宗亲，还有臣子百官、教坊乐工、技艺工匠，以及那一车车、一箱箱的法驾，仪仗、冠服、礼器、天文仪器、珍宝玩物、皇家藏书、天下州府地图等宝物……他们的眼泪，纵横满颊。那一刻，徽宗，这位以精湛书画技艺而闻世的帝王，可能会想及百多年前，另一位同样不善理政的一代词帝李煜的惨局，亦是这般，一朝便为阶下囚。彼时，予人者，此时，又为人予，他，岂不亦步了后主之尘？

而此时此刻，宋之残部，还在死命抵抗着金兵的残虐杀戮。沧海横流，辗转奔逃的宋朝子民，无时不在生死边际挣扎着，他们在无光的隧道里，硬着头皮，紧抓生命仅有的一线生机。

　　李清照早已预感到宋室的动荡，只是未想到坍塌来得如此迅疾，更未想到，竟会为异族所覆。她的内心复杂沉痛之极，任由泪水淌落，她是个亡国者了。

　　夫妇二人相对黯然，久久叹息。望着盈箱溢箧的藏物，他们无限眷恋，无限忧虑，又无限怅然，他们心底已知这些终为身外物，值此乱世，其归宿可以想见。

　　夜深了，烛熄了，李清照和赵明诚无法入梦，他们和无数动荡中的宋人一样，被梦境抛弃了，围绕他们的，唯有茫茫雾霭，挥之难去。

9

建炎元年三月，赵明诚母亲郭氏，卒于建康，赵明诚嘱李清照返青州收拾藏物之后，独奔母丧。

四月，北宋亡。

春方归去的五月，徽宗第九子、钦宗异母弟康王赵构，这宋宗室唯一的"漏网之鱼"，被拥为新帝，定都应天府，改元"建炎"，取"建隆再造，以火克金"之意。"建隆"是太祖开创宋朝之后首个年号，"炎"为五行中之"火"，"金"指大宋之仇金朝。大有挽狂澜于既倒，励精图治，恢复当初文治武功，卷土重来之意。这为流离的宋人带来一线希望，也许，有那么一天，国仇家恨皆得洗雪，重获承平。南宋始。

在青州整理藏物的李清照，先去掉重大难载的印本，又去掉多幅画轴，又去掉未及题款的古器，最后，又去掉国子监刻本、稍嫌平而无奇的画作，以及笨重古器……几番斟酌削减，尚有卷帙器物十五车之多。至于暂留青州之物，还有十余屋，只好寄望来年春至，再备船载。

七月，赵明诚起复江宁知州，九月接任。十二月，青州兵变，十余屋所储之物，尽付劫灰。烽火缭乱中，李清照，一介弱质女流，携其浩繁藏物，孤身南下。

翌年春，四十五岁的李清照，风尘仆仆，历经重重险阻，终抵建康。她却并未因夫妻相聚而消却心底不愤。一路上，耳闻目睹的惨象和怪现状，使她对金人的嗜杀成性，出离愤怒。

　　一代抗金名将宗泽，曾屡上奏章，请求高宗渡河回京，以振士气，收复失地，将二帝接归，却每遭黄潜善等诸人阻挠，高宗亦只图偏安，无意北伐。宗泽忧愤所积，背生毒疮，身心日渐衰颓。这年七月十二日，宗泽只能带着满腔遗恨，与世长辞。临终之时，他仍三呼"渡河！渡河！渡河"，不忘北伐之志。

　　李清照得闻宗泽之死，不胜悲慨。她只恨自己非男儿，空有报国志。对那些只求一时之安、无意北伐的南渡士大夫，甚至朝廷，她是愤怒的、鄙视的，"南渡衣冠少王导，北来消息欠刘琨""南来尚怯吴江冷，北狩应悲易水寒"，如此掷地有声、沉痛锋锐之句，便由衷而泻。她不知道，碎裂的大宋河山，何时才得完整，清平之乐，何时才得重见。

　　赵明诚忙于政务，李清照常常独自阅卷、写词。清雪漫天之时，别人躲进小楼成一统，她却披蓑顶笠，四处行走，寻找诗词灵感。但其心情并未因此得释，无非强颜之欢，心底的沉郁，挥之不去。

《临江仙》
庭院深深深几许？云窗雾阁常扃。
柳梢梅萼渐分明。
春归秣陵树，人老建康城。

感月吟风多少事，如今老去无成。

谁怜憔悴更凋零。

试灯无意思，踏雪没心情。

『 释义 』

庭院深幽，知有几许？云窗雾阁常闭，只想一人待着。外边柳梢梅枝，必已绿意尽染。整个建康，皆为春色。只是，丧国南渡的我们，老去了。我怎忍出门？怎受得这春色之嘲弄？感月吟风半生，一无所成，国难当头，却无能为力。此际的我，恍然已是憔悴飘零之人。天地间，谁堪怜我？原来华灯清谈，凌寒踏雪的喜悦，一点也无了。

建炎三年正月，韩世忠兵溃沐阳；二月，高宗自扬州逃至杭州，又至常州、无锡、平江府，再转至杭州。接着，不思战守，专事弄权的黄潜善和汪伯彦被罢免。

国事缭乱，庙堂动荡，建康御营统治官王亦图谋兵变，其下属知悉其情，并报之知府赵明诚。赵明诚却轻忽其事。当夜，王亦举事，唯有该下属，偕兵众抵死防御，终因寡不敌众，败之。翌晨，下属寻找赵明诚，发现这位以饱学著称的知府，竟已偷偷用绳子缒城逃走。

乱定之后，赵明诚被革职，李清照不置一词，只是叹息。二人之间的芥蒂已结于无形。三月，夫妇二人乘舟转芜湖，至当涂，决定暂居赣水，躲避烽烟。五月，抵池阳。其间，过乌江之时，李清照想及项羽自刎乌江之事，不由将之与苟安的南宋朝廷和逃城的丈夫相较，感慨不已，即兴随口赋得《乌江》一绝，以抒其愤。

生当作人杰，死亦为鬼雄。

至今思项羽，不肯过江东。

『释义』

生，就要作人中之杰；死，也要为鬼中之雄！至今人们还记念项羽，只因他，心存羞耻，不肯苟过江东！

赵明诚听到这首怒目金刚般的小诗，不禁汗颜，多少话涌至喉间，到底哑口无言。

不久，赵明诚被召掌管湖州。李清照独留池阳。任前，赵明诚须赴建康，觐见高宗。

六月十三日，赵明诚才携行李，舍舟陆行。那日，他身着布衣戴着头巾，精神如虎，目光如炬地望着坐在船头送行的李清照，依依挥别。李清照心情差极，大喊："若城里局势危急，该当如何？"赵明诚戟手答："就随众行事。实不得已，先弃辎重，次衣被，次书册卷轴，次古器，唯有宗器，须得自己抱负，与之共存亡，不可或忘！"语毕，便驰骑而去。此景此状，多年后在李清照心中犹历历然。

　　不想，途中暑热，至建康，赵明诚已染疟疾。七月末，李清照才得悉其事。她心中惊惧不安，想到赵明诚素来性急，更叹奈何，只担心他会服寒药，若然，其病堪忧。焦灼的她，即刻乘舟南下，兼程三百里。抵建康，果如所料，赵明诚竟服柴胡、黄芩等寒药，疟疾未愈，又生痢疾，已入膏肓。她看在眼里，痛在心里，知其性命无保，却不忍问之后事。她只寄望上苍能予其一线生机，就算怜悯，她也愿意承受。她不要什么骄傲，只要他还活着。

　　八月十八日，秋风起，木叶零，四十八岁的赵明诚，终未逃脱死之重厄。他的妻子——李清照——这位伟大的才女，号啕着，平凡一如万千丧夫之妇，涕泪交零，不知所措。对他，她怨过，怒过，却从未恨过，如今，她深深爱过并将一直爱下去的男子，就这么陡然消泯于这片巨大的沉寂中。被疾病吞噬过的他，形销骨立，陌生到几不能相认。随着他的离去，她觉得自己的一部分也死去了。所有文雅高贵，都不要了，她只想悲天恸地、撕心裂肺地痛哭一场。

　　她永不能忘却赵明诚弥留之际的一幕，他无力地拉着她的手，眼眶里布满混浊的残泪，那是他洒在她记忆里的夜明珠，将照亮她此后每个漫漫长夜。她知道他最放心不下的，就是耗尽他们全部心血的金石什物，以及有待完善的《金石录》。她感到被包裹的那双手，像吐在手背的蚕丝，正一根根抽去丝线。什么都完了，她永恒的挚爱，这一刻，永远地抛弃了她。窗外的风，狂肆地在枝叶上拍打，天色沉郁得像背过去的脸。他真的从她生命里退场了，自此以往，她就只有自己。她是被永恒闭锁于幽室的寡妇了。

安葬了丈夫，李清照全力投注于金石什物的护存之上。当时，除书册典籍两万卷，金石刻两千卷，还有可供百余人使用的器物和褥垫，及其他相当数量的杂碎什物。太平之日，这些皆是欢愉源泉，动乱不宁之时，就成难以承载的重负。李清照意识到，独自漂泊的生涯开始了，何时才能终结，她完全不知。好赌，且常为局上赢家的她，亦无从测知其命运。国运尚茫不可卜，个人命运更犹水中浮影。

这年七月，金军进攻南宋的步伐并未停歇，逃至杭州的高宗，诏升杭州为临安府，暂避于此，并禁渡长江。十月、十一月，金军两路渡江，右相杜充降金，高宗逃至越州。十二月，又抵明州避敌。大宋庙堂，成了不系之舟。

王朝在漂泊，百姓唯有流离不居。李清照却于此时为大病所压。心中无尽的苦恼，在大病跟前才暂躲一侧。她几乎觉得这是天意，赵明诚已被上天夺走，如今她自己也要走了，他们就要相逢了。万般倦意，几乎使李清照放弃最后的生存欲望，但那耗尽他们夫妇心血的藏物，始终在大声召唤着她，使得她强忍疾痛，硬是挺了过来，像刚吐出珍珠的蚌。

《南歌子》

天上星河转，人间帘幕垂。

凉生枕簟泪痕滋。

起解罗衣聊问，夜何其。

翠贴莲蓬小，金销藕叶稀。

旧时天气旧时衣。

只有情怀不似，旧家时。

『释义』

星河流转，幽夜已沉。人间的我，却在深垂的帘幕中，难以入眠。想着已永不再见的你，难禁泪流。以为枕簟生了凉意，原来是自己淌落的泪珠。在孤寂的室内，我起身徘徊，向自己追问，夜有多深，是否就要天晓？

昼日迟迟，闲极无聊，打理旧衣，发现衣上青绿色的丝线绣成的莲蓬，精致如故，用金线绣制的荷叶，稀疏依然。我曾于如是天气，着如是衣衫，凝伫于你眼前。只是而今，你竟永去，没了你目光的打量，我的心情，已不似从前。沧海潮落，华年，亦随之碎裂不复。

《声声慢》

寻寻觅觅，冷冷清清，凄凄惨惨戚戚。

乍暖还寒时候，最难将息。

三杯两盏淡酒，怎敌他，晚来风急？

雁过也，正伤心，却是旧时相识。

满地黄花堆积。憔悴损，如今有谁堪摘？

守着窗儿，独自怎生得黑？

梧桐更兼细雨，到黄昏，点点滴滴。

这次第，怎一个愁字了得！

『 释义 』

如此日月，实是难度。每一刻，都在寻觅那消逝的华年，华年里的良人。清醒之时，才发觉那些华年，那华年里的良人，都已觅而不得。唯有无边清寂，残留身边。顿时，忧伤潮涌而至。天已转凉，即便日色染满苍穹，侵人之寒仍难御挡。恼人时节，直欲安睡。醒，就意味着与愁角力。也许，只有以醉相敌。只是，愁至浓，酒却显淡，晚风又起伏不止，想沉醉，竟不能够。俯窗纵目，有雁掠过。看到它们，仿佛看到旧时为我捎寄书信的情形。现在，谁还为我写信？我还能为谁写信？睹雁思人，旧愁尚在，新愁又添。

院里黄花，凋落一地，枝头残朵，谁忍采摘？此时的我，岂不如这铺卷的落蕊，尽成狼藉？夜幕将落，又是一个漫漫长夜，孤独如我，怎扛得住那铺天盖地的夜色？黄昏已愁，细雨又至，点点滴滴，聒噪难耐。昼亦愁，夜亦愁，所有愁绪缠织一处，沉甸甸压于心头，这一切，岂一个"愁"字便能总括？

10

时局紧迫如张弓，李清照想起赵明诚的妹婿、时任兵部侍郎的李擢正在洪州护卫元祐太后，便遣两个赵明诚旧时的下属，先将行李投送彼处。十二月，洪州被攻陷，所寄之物，尽化云烟，只剩极少的轻小卷轴书帖、写本的李、杜、韩、柳集、《世说新语》《盐铁论》、汉唐石刻副本数十轴、三代鼎鼐十数种、南唐写本书数箧。这些岿然独存之物，她将其搬到卧室，病中偶尔把玩，总是慨然不已。

长江上游既不可往，敌情更是难料，李清照欲投靠时任敕局删定官的胞弟李远，便星夜兼程，风餐露宿，至台州，其太守逃走；至剡县，出睦州，又弃衣被；走黄岩，雇舟入海，追奔行进的朝廷。当时，高宗暂住在章安，她又随御舟由海道抵温州，再转越州。建炎四年十二月，高宗放散百官，她又至衢州。绍兴元年，三月，重赴越州；二年，至杭州。颠沛流离至此，她亦只是无言。

赵明诚掌管建康时，有张飞卿学士过访，将其一只玉壶交与赵明诚赏鉴。辞别时，复携玉壶而去。这么件琐事，不知何时，不知何人，竟散播出令人惊惧的谣言，诬构赵明诚玉壶献金，通敌叛国，且已将之密奏朝廷。赵明诚虽已不在人世，此事却于其清誉有毁。这使已艰辛至极的李清照雪上加霜，激愤不已。为表赵明诚生前对朝廷之忠贞，她决意抱疾携全部藏物投进外廷。

高宗一路奔逃，栖止不定。李清照一路颠簸追随，千辛万苦抵越州，未料，高宗已移驾四明，她喘息未定，怅然无尽。因不敢把此国之奇珍留诸身侧，生怕有失，她便将写本的藏书一并寄往剡县。以为如此，那些奇珍就可无虑。未几，官军搜捕叛逃士卒，发现那些奇珍，全部掠走。本以为岿然不动之物，还是逃不过散失之厄运。李清照得知藏物被掠走的当时，痛极，原未痊愈的残疾，来势更猛，完全山压海没之感，气已丝悬。

耗竭心血的收藏，已丧多半，巨厦将倾。风凄月残的夜晚，李清照独坐陋室，打量着那残存的五六簏书画砚墨，就像打量同生共死、幸免于劫的同袍，万分感慨。她再也不敢将之置于视线以外了，她在哪儿，它们就在哪儿。她和它们，生死相依，永不相离。只有将它们藏于掩蔽之所，方得保全。李清照思来想去，唯有将之藏于卧榻之下，须臾工夫，要查看三次，才可心安。其间所作《渔家傲》，貌似空幻，实则诉尽内心之苦。

天接云涛连海雾，星河欲转千帆舞。
仿佛梦魂归帝所。
闻天语，殷勤问我归何处。

我报路长嗟日暮，学诗漫有惊人句。

九万里风鹏正举。

风休住，蓬舟吹取三山去。

『释义』

天上云涛翻滚，海上雾霭翻涌，天海接连，苍茫迷离。但见银河斗转，千帆竞渡，极致壮观，不觉已至天帝之所。尚未镇定，帝语便轰鸣传来，似殷勤问我，自何处来，又归何处？我恍惚作答，迢迢长路，到此已暮，又说，我喜写诗，却练习经年，难有惊人之句，徒费光阴。临别之时，见大鹏正举翅奋飞，扇动起狂猛飓风，我只祈望，风休住，好把我乘坐的蓬舟，疾速送抵蓬莱三山。

李清照曾于越州借居当地人钟复皓家。不意，某夜，盗贼凿壁为洞，窃走五七簏。孤苦无依的李清照，悲恸至极，立重赏收赎。不几日，钟氏拿出十八轴求赏，她断定，盗贼必在咫尺。千方百计恳求钟氏拿出所余之物，却毫无所获。后来，她方得知，那些失物，尽为福建转运使吴说贱价所购。其身畔所存，已失之十有七八。剩下一二残零不成部帙的书册、几种平常书帖，她更视若生命。那些日子，李清照积郁难解，便是春来春去，已无心欣赏。

《武陵春》

风住尘香花已尽，日晚倦梳头。

物是人非事事休，欲语泪先流。

闻说双溪春尚好，也拟泛轻舟。

只恐双溪舴艋舟，载不动许多愁。

『释义』

风停息，花静落，香晕尘埃。晓色已褪，日已高竿，勉强起身，又懒得梳头。拿出榻下那金石旧刻赏玩。这些旧物，犹有你的手泽。和你共校勘、同赏玩的旧时光，你的脸容，熟悉的北地风物，依稀重赴眼底。旧物仍在，人事早非。想及此，便难禁泪流，所有的话，不值一提。

听闻双溪春色正好，本也打算泛舟游玩，终究放弃。如今的我，愁心似海如山，只怕双溪舴艋之舟，难以载动。唉，春将去，世已凋，愁难解，还是独守窗畔，把盏临风好了。

尾声

风雨愈骤，李清照累极了。微光里，看着校竣的《金石录》，及其所书之序，她有释怀，亦有怅惘。她在回忆里，又活了一次；他也在回忆里，又死了一次。噩梦是虚无的，现实却是真切的噩梦。一次次在回忆里捕捞丧失的体温，又被现实的冰凉消却。一个又一个幽长的夜与昼，无聊赖得像呛人的浮尘。

熄了烛火，李清照躺在粗陋的床榻里。漫漫永夜，挑衅着她的孤绝孱弱，只能再次逃进回忆里，让那波光潋滟的已逝岁月，覆盖她，抚慰她。汴梁城的繁华似梦，大相国寺的叫吆声，还有年轻俊朗的明诚，微笑着，朝她走来，迎着媚比桃花的日色……

回忆再次终结，又是茫茫黑夜，似永无来日。她凝眸而视，仿若盲者。

老去了，一切都老去了。清晰又模糊的更漏，一点，一点，耳畔，心头，絮絮敲打。她躺在那难耐已极的洞窟般的现实里。一滴泪，凄楚地，温暖了她。

这是现在。

柳永：

忍把浮名，换了浅斟低唱

1

柳永的一生，始终在路上，似永无归所。他是真正的行吟诗人，属于故事中的人，适宜活跃在种种野史之中，他也确在野史里存活了下来。

他的词，是他真实活过的明证。

他的故事，宜于春日，杨柳影里，清茗在手，絮絮道来，絮絮听得。

2

又是一年春来到，乐游原上芳草绿，到处皆是踏青游赏之人，男男女女，堆锦砌绣，一派笑语盈欢之盛景。人潮之中，一群如花女子，不胜悲愁，结伴而来，格外显眼。瓷青的天色，小风轻吹，柳条摆荡，好花待放，她们来到一片青碧之地，围作一圈，所携的衬以布帛的篮子，搁置于身畔，一一跪倒，满脸虔敬地拜伏。

这些女子，虽非良家，其敬意及由衷的缅悼，却无限动人。祭拜完毕，她们或拿出管弦丝竹，细意弹奏；或引吭讴咏，清吟不绝；或彩裙翩然，腰肢婀娜。那些曲子，有的哀绝凄楚，有的欢欣莫名，有的好景如画，有的浓情似梦。不知不觉，无数游人聚拢近来，静静聆听，默默微笑。

这是一年一度的"吊柳会"。这日，几乎所有秦楼楚馆的烟花女子，都会到郊外花柳掩映处，祭奠她们共有的知己，多情才子柳七哥。她们要他知道，即便斯人已逝，她们对他，仍无时或忘。他是她们永不衰败的青青柳丝，丝丝缕缕，尽缠心头。

"不愿穿绫罗，愿依柳七哥；不愿君王召，愿得柳七叫；不愿千黄金，愿中柳七心；不愿神仙见，愿识柳七面。" 至终，这些女子齐声咏唱，绵缠而凄清。歌声回荡间，那位手摇折扇、长衫飘洒、意气扬扬又醉意蒙眬的才子词人，似正从曼妙云烟中，款款走来。

3

柳七，原名柳三变，字景庄，行七，宋太宗雍熙初年，生于一官宦世家。其祖柳崇，原籍河东，后徙居福建崇安。柳崇品貌端方，兼有学行，曾出仕太尉主簿，转尚书左外兵郎中，世宗柴荣遣其决断河东、河北两郡争端，上下息讼；后又升为河中太守，甚恤民情，深受拥敬。柳崇不仅官声甚佳，亦擅文事，可惜，其文大多丧之于盗匪纷乱中。

显德六年，世宗驾崩，恭帝柴宗训年方七岁，符太后主政，少有主见，弱子寡母，竟未守住后周江山。大将赵匡胤陈桥兵变，黄袍加身，灭周开宋。柳崇全家，遂仕南唐，柳三变之父柳宜，为监察御史。后主李煜虽不善理政，却为人慈仁，多才多艺，尤以小词称于时。柳宜对后主其词向来钦慕，自己也颇有所作。

开宝八年，宋军攻伐南唐，金陵被围，后主成其困兽，无奈，只好遣徐铉使宋，以进献大批财物，恳请缓兵。已为宋太祖的赵匡胤，好不客气地回道："不须多言，江南有何罪。但天下一家，卧榻之侧，岂可许他人酣睡？"不久，金陵不守，后主上表乞降，南唐亡。翌年，李煜被俘往汴梁，受封"违命侯"。柳宜随之入宋。十月十九日夜，太祖与其弟赵光义共醉宫中，隔日，太祖驾崩。十二月，赵光义继位，是为太宗，改号"太平兴国"，示其兴国伟志。

太平兴国三年，七夕，正是李煜生辰，旧臣后妃聚于其所，为之庆贺。已为阶下囚的李煜，三年来，每日，皆以泪洗面，值此良辰，不胜感慨，追往思昔，遂作《虞美人》一阕，以寄怅怀，并命女乐歌之。在座之人，无不饮泣。宋太宗得知此事，疑其仍存逆心，赐其牵机药，鸩毙了这位千古词帝。江南之人闻之，尽皆忧哀。柳宜亦唏嘘久之，自此，便一心仕宋，对后主之词更绵绵于心。

柳宜仕宋后，曾为费县令，柳三变即生于费县任所。淳化五年，柳宜调任扬州，十岁的柳三变同其长兄柳三复，次兄柳三接，随父前往。后，柳宜升迁至国子博士，因其母来书，有想念之意，便着人为其绘像，命其弟携之返归崇安五夫里金鹅峰下家中。柳三变与叔父俱行，终于回到一直耳畔缭绕，却无从得见的故里。柳三变虽做好准备迎接被父亲神话了的武夷山，但真正目睹真容时，还是不由得为其巍峨秀丽、奇峻飘逸之姿倾倒迷醉。

返归故里的柳三变，铭记父亲教诲，勤阅卷帙，苦练笔墨，以图一朝登第，天下闻名。但同时，他又对近水楼台的名山大川充满向往，课业之余，便甩袖抛卷，出门浪游。

一处处无与伦比的风光景色，无形中激发了他诗人的潜质。那耸入云天的峰峦，裂帛般的流泉，繁茂碧透的草木，馥郁秀妍的琪花瑶草，以及种种陌生的走兽飞禽，总使他压抑不住激动。一次，他游历中峰寺归来，几乎一气呵成地写下了七律《题中峰寺》，其诗风之高迈拔俗，气韵之流转裕如，很难想象，竟出自少年手笔。

攀萝蹑石落崔嵬，千万峰中梵室开。
僧向半空为世界，眼看平地起风雷。

猿偷晓果升松去，竹逗清流入槛来。

旬月经游殊不厌，欲归回首更迟回。

『 释义 』

我攀萝蹑石来到山上，但见，中峰寺于千峰万峦拥簇间兀自矗立。这里，是僧人清修圣地，亦是传说中伏虎禅师风雷叱咤降除猛虎的胜迹。幽幽山中，远隔俗尘，猿猱偷果，清流逗竹，恍如神仙洞天，使人心清气爽，神思飘扬，游赏无厌，欲归流连。

柳三变过去常听父亲低唱李后主小词，并不经心，只信口跟唱，不胜欢悦，随即或忘。但游中峰寺归来，偶然读得无名氏所作《眉峰碧》，对小词产生浓厚兴趣。他也不解何故，这样一阕抒写羁旅行役愁苦的流俗小词，竟会使他心醉神驰，念念于心。欢喜至极，尚题其斋壁之上。

蹙破眉峰碧。纤手还重执。镇日相看未足时，忍便使、鸳鸯只！

薄暮投村驿。风雨愁通夕。窗外芭蕉窗里人，分明叶上心头滴。

从那时起，柳三变开始试着填词，很快便得上手，凡其目之所观、心之所触，皆可即时以小词绘之传之。可能是武夷山仙风道骨的润泽，也可能是柳三变情性中之旷达疏放使然，他最初所作的小词，都充满出世的清逸洒落，畅怀不羁，没有当时流行的花间词风的艳丽绮靡，柔腻无骨。真宗咸平四年，十七岁的柳三变写出组词《巫山一段云》，以缥缈挥洒的词章，咏唱了武夷山的神奇秀润，表达其凌云之感，尤以首篇最佳。

六六真游洞，三三物外天。
九班麟稳破非烟。何处按云轩。

昨夜麻姑陪宴。又话蓬莱清浅。
几回山脚弄云涛。仿佛见金鳌。

『释义』

这是神仙所居的洞天福地，飘逸俊秀的神仙，在云霞丹彩旋绕中，乘着华美的云轩车辇熙攘往还。昨夜盛会，有仙姿翩然的麻姑相陪，席间，讲述着蓬莱烟涛翻卷之状，及她屡次所见的负山神龟。

自太祖始，宋朝汲取五代十国重武轻文致使动荡不歇、国无宁日的教训，加强对文学的重视，欲与士大夫共治天下。朝廷不仅广开科举，重礼文臣，且制定不杀士大夫之律戒，这为无数士子带来福音。真宗为激励士子刻苦为学，将来效力国家，写下举世皆诵的《劝学诗》：

> 富家不用买良田，书中自有千钟粟。
>
> 安居不用架高堂，书中自有黄金屋。
>
> 出门莫恨无人随，书中车马多如簇。
>
> 娶妻莫恨无良媒，书中自有颜如玉。
>
> 男儿若遂平生志，五经勤向窗前读。

柳三变饱读卷册，又才华绝伦，在他看来，浩荡江山，锦绣繁华，都在朝他莞尔，待他建功立勋，悠游叹赏。在他心中，自己是舍我其谁的天之骄子。

4

咸平五年，十八岁的柳三变跃跃欲试，在一个春日清晨，登舟北上，前赴汴梁，参加礼部考试。久居崇安，除却满箧诗书，就是幽山碧水，中州的繁华和江南的富庶，他还不曾领略过。一路上，所睹所闻，无不使其振奋激动，不觉，武夷山的出尘之姿便被他暂掷一旁。路经杭州，仿佛一块美玉自天而降，铺展在他眼前，这是他前所未见的奇巧旖旎、似水温柔。旷达爽朗的青衫少年，不由怔住，一个不醒的梦，羁住了他。

柳三变的画船，再也无力前行。他决意勾留于此，否则，心底惆怅便无由安抚。他最喜欢白居易的诗，浅易不失精思，素朴而蕴蓄清妍。白居易，写下过不少关于杭州的佳句。那些诗句里躲藏的杭州，就是柳三变对杭州最初的印象。"几处早莺争暖树，谁家新燕啄春泥。乱花渐欲迷人眼，浅草才能没马蹄""为我踟蹰停酒盏，与君约略说杭州。山名天竺堆青黛，湖号钱塘泻油绿""灯火家家市，笙歌处处楼。无妨思帝里，不合厌杭州"，几乎写尽杭州的俏丽热情。但此时杭州的不可方物，实在比白诗更其鲜润光华。

在柳三变眼里，杭州的媚丽，就像牵扯住杜牧春风词笔的扬州，是难以抗拒的。年少的他，不仅被这里的繁华撩动心弦，还被歌楼酒馆的烟花红粉绊住步履。但真正使他沉迷的，却是流荡在绮陌朱楼中，飘溢在杯盏烛影间的一阕阕呢哝柔婉的小词。

　　花国芬芳无尽，柳三变却独对一名名叫楚楚的歌伎钟情。

　　在这花红莺啼、水软山温的江南佳丽之地，楚楚不仅容色出众，歌声亦是一绝。柳三变羁留杭州的日子，几乎无一晨昏不沉醉于楚楚的琳琅清歌中。他的词风也变得更为婉约清俊，简直专为身边歌伎所作，她们再把这些小词，于檀板细弦的悠扬里咿呀吟唱。柳三变未想到的是，这些小词竟如此广受青睐。很快，他的词名便传扬开去，且很多小词，经由行商客旅远播京华。但他为人传扬的名字，并非"柳三变"，而是"柳七"。

　　柳三变向来倾慕古风，他想和李太白一样，不必经科考登第，而被卿侯慧眼识才，荐举入仕。他觉得这种成名更像成名，高才一展，天下皆知。温柔乡虽好，他也未曾全然忘记仕进。听说父亲的旧友孙何（当时任两浙转运使）驻节钱塘，不胜欣喜，以为机不可失。

　　唐人有干谒诗，他也可为干谒词。他对自己的词采是自负的，只怕露才太过，显其刻意经营，也不甘被人小觑，觉其"乞"相，倒颇费了番功夫。轻风拂掠而过，一阕五色斑斓的《望海潮》，洒落笺上：

　　东南形胜，三吴都会，钱塘自古繁华。
　　烟柳画桥，风帘翠幕，参差十万人家。
　　云树绕堤沙，怒涛卷霜雪，天堑无涯。
　　市列珠玑，户盈罗琦，竞豪奢。

重湖叠清嘉。有三秋桂子，十里荷花。

羌管弄晴，菱歌泛夜，嬉嬉钓叟莲娃。

千骑拥高牙，乘醉听箫鼓，吟赏烟霞。

异日图将好景，归去凤池夸。

『释义』

自古，钱塘便是繁华之所，它地处东南，拢聚三吴。这里，烟柳画桥，风帘翠幕，层层密密，约有十万人家。钱塘江岸树丛似云，江潮如雪，江面开阔无尽。街市珠玑珍宝呈列，家中锦缎绮罗满盈，争相奢华。西湖的里湖、外湖，以及周遭如屏的峰峦，处处清绝秀丽，掩映成胜。有秋天的桂子，十里的荷花。晴天欢快地奏乐，夜晚泛舟采菱唱歌，钓鱼的老翁、采莲的姑娘都喜笑颜开。牙旗招扬，千名骑兵簇拥着的长官，值此升平之时，乘醉听吹箫击鼓，观赏、吟唱烟霞风光。想必，某日，您定会将此好景写入丹青，以待归朝称许吧？

孙何虽为柳三变父亲的旧友，但多年来两人疏于往来。柳三变听闻孙何门禁甚严，他不想无端碰壁，又听说孙何喜欢赏舞聆曲，还曾召请楚楚入府歌吟，乍然之下，想到"郁轮袍"的典故。不过王维经李范引荐之后，是王维自己妙奏琵琶，赢得公主赏赞，青云直上。而他只能借助楚楚媲美念奴的歌喉，让孙何听到他的小词。楚楚对柳三变本就倾心，自当全力以助。

　　未久，孙何再次召请楚楚入府歌吟。楚楚甚善察言观色，于孙何心绪佳好之时，句句清脆，声声活泛地唱起了《望海潮》，每一字都吐音清晰，余韵悠扬。饱读诗书的孙何一听便知这首小词不同凡响，不由细心倾听，一曲方罢，忍不住击节称赏。楚楚顺势说出"柳三变"其名，孙何稍加询问，即大笑道，故人之子！故人之子！立刻传人相邀柳三变。

　　自此，柳三变常受孙何之邀，或到府上，或在筵席，或于芳郊，相陪共欢。孙何对他的人才风流很是爱赏，但骨子里还是把他当成流落士子，即便是故人之子，亦不肯放下权贵架势，曲意相待。柳三变是敏感的，一切细微的心绪波动，都接收得到。寄望能获得孙何引荐的他，不得不装出一副洒落欢颜。这种应酬的欢乐，无谓欢乐，只觉疲累。楚楚每每见心上人蹙眉敛容，便替他斟酒，为他浅唱，以慰其心。

　　翌年秋，孙何还京。柳三变为使孙何不忘引荐，在孙何临行前，他还填赠一阕《玉蝴蝶》，追念昔时乐事，以传别情。不想，归京未久，孙何便染疾猝逝。柳三变伤怀之余，也为前途叹息不已。

5

　　柳三变依依告别楚楚，告别恋恋的杭州，循着浩荡汴河，行吟"倾城倾国恨有余，几多红泪泣姑苏"的苏州，漫唱"人生只合扬州死，禅智山光好墓田"的扬州。一番乐游之后，于大中祥符元年，来到阔别已久的京华汴梁。没想到，眼前汴梁之繁华，较他幼时所见，不知高出多少。这里处处粉墙朱户，雕梁画栋，榆柳成荫，杂花为阵，酒旗星散，瓦肆参差，宝骑骎骎，香轮辘辘，绿女红男，笑语盈道，彻夜笙歌，可谓亘古未有之升平气象，便是大唐天宝盛世也未见可及。

柳三变身处天子脚下，便自誓要享尽天子般乐趣，方不负韶华，仕进之心，又暂时收了起来。他只管追星赶月般，忙着去欢度寸寸光阴，几乎履不染尘，袖不挂风。徜徉于花巷柳陌，柳三变一脸快意，庆幸生逢其时，躬逢其盛。每经一处歌楼楚馆，不及抬头，他就会听到"柳七哥！柳七哥"的欢叫声。若无约，便循声而去，逗留半日，一首妙词，就诞生了，而且，很快就传布开来。他是她们的知音，更是她们的传音人。对她们来说，柳三变有双点金手，谁能得到他的小词，谁就身价倍增。

这天，柳三变早已有约，去拜会艳帜方起的虫娘。刚从寓所走出，就看见候在道旁一顶华巧软轿边的几个小厮和小鬟。柳三变含笑摇了摇折扇，要他们先行，自愿徒步前去。他不习惯坐于辇上或轿中，那将错过甚多好风光。他最喜舟行，轻舟悠荡，放眼尽是黛山碧水，宛置诗境。就这么优哉游哉，穿过一条条或喧闹或清寂的街巷，便到虫娘居处。虫娘、心娘、佳娘、酥娘一众姊妹，不等柳三变踏进门，已欢声笑语出来相迎。

　　佳肴美酒过后，她们便请柳三变填写新词。柳三变心怡神旷，并不推辞，但填何小词，倒颇费踌躇。他一个个打量她们，又一个个听其自述身世，已有腹稿。众女为激其兴致，皆于歌台舞榭，或清歌婉转，或妙舞萦回，美不胜收。柳三变但见佳娘轻击檀板，歌似柔玉；酥娘柳腰飘拂，醉眼流波；心娘载歌载舞，俏若花枝；虫娘则舞衣飘举，恍同仙子。一组《木兰花》顷刻便在香氛流溢的薛涛笺上，淋漓成点点墨痕。

　　佳娘捧板花钿簇。唱出新声群艳伏。
　　金鹅扇掩调累累，文杏梁高尘簌簌。

　　鸾吟凤啸清相续。管裂弦焦争可逐。
　　何当夜召入连昌，飞上九天歌一曲。

　　『释义』
　　佳娘呀，你手捧红檀板，鬓饰金花钿，绝美颜色绝美歌，莺声呖呖众芳服。金鹅羽扇轻摇摆，悠悠歌声绵不绝，沾染在文杏做成的高梁之上的纤尘，也被其声振落。你的歌声，是鸾吟与凤鸣的应和，时低时高，时柔时劲，管裂弦焦，也无法与你的歌声相较。如此歌喉，何时才能像天宝年间的念奴一样，被召入宫，高歌一曲，让君上也听到这不凡的妙音？

酥娘一搦腰肢袅。回雪萦尘皆尽妙。

几多狎客看无厌，一辈舞童功不到。

星眸顾指精神峭。罗袖迎风身段小。

而今长大懒婆娑，只要千金酬一笑。

『释义』

酥娘呀，你腰肢纤细不盈一握，《回雪》《萦尘》这种轻倩飘洒之舞，无不曲尽其妙。你的舞，狎客百看不厌，新学初进的舞儿，难达你的功夫。你起舞之时，顾盼神飞，罗袖迎风，身轻如在掌中。只是，现今年长体重，懒得一舞翩然，但有人赠千金，便可以笑相送。

心娘自小能歌舞。举意动容皆济楚。

解教天上念奴羞，不怕掌中飞燕妒。

玲珑绣扇花藏语。宛转香茵云衬步。

王孙若拟赠千金，只在画楼东畔住。

『释义』

心娘呀，你自幼即歌舞兼美，你的举止动态无不出类拔萃。你的歌喉，能使念奴自觉羞惭；你的舞姿，不怕飞燕不生妒心。

你说话时，就像玲珑绣扇掩住娇花的解语；你细步时，宛如踩在衬以香云的毡布上。那些王孙公子，就算欲赠千金，也只能居于画楼东畔，只因，你并不稀罕。

虫娘举措皆温润。每到婆娑偏恃俊。
香檀敲缓玉纤迟，画鼓声催莲步紧。

贪为顾盼夸风韵。往往曲终情未尽。
坐中年少暗消魂，争问青鸾家远近。

『释义』

虫娘呀，你举止温润，每到起舞，却自恃才情高妙，无人及得。和着檀板之声，缓伸似玉纤手；按着画鼓之节，紧移如莲碎步。为显万种风情，总于舞时频频顾盼，即便一曲终了，风情兀自缭绕。坐中痴迷的五陵年少，被撩动得争相追问你的居处。你招惹他们，又无视他们，你的温柔里，包藏着报复得逞的快意。

众女看过小词，始而喜，继而怅，终而泣。柳三变见她们如此，不知如何是好，索性去夺词笺，要撕个粉碎。她们怎肯给夺去，便抑住悲意，转作莞尔。这几支《木兰花》，配上曲子，她们悉心琢磨，一遍又一遍唱着，直至满意。柳三变斜倚于帘影悠忽的阑干旁，一手托盏，一手拈髭，眉梢眼底皆是陶然。

这几首小词和柳三变的其他词作一样，很快便风靡京华，那些纨绔子弟或未第士子，纷纷慕虫娘、心娘、佳娘、酥娘其名而来，华盖当途，络绎不绝。虫娘柔婉，心娘清妍，佳娘温秀，酥娘风致，一时成为花国新艳。

柳三变总觉虫娘甚似有"江南春色"之誉的楚楚，对他有种难言的牵引。他陷入对虫娘的迷醉中，也对远在江南的楚楚新添一段相思。

6

楚楚玉殒之耗传来，让正在虫娘绣阁中的柳三变无从接受。她那么青春可人，若非家门有故，如今应该尚在深闺，秋千架下，芍药圃前，正作那宦门千金，又怎会流落风尘，至有今日之殃？他含泪询问来人，自他去后楚楚的情形，听得她因疾弥留之时的惨凄，竟失声痛哭。虫娘也禁不住悲咽，那种唇亡齿寒的感触，直钻进她肺腑深处。柳三变当着窗畔的如水天色、似霜清辉，一气呵成伤逝之作《离别难》，以抒感怀。

花谢水流倏忽，嗟年少光阴。

有天然、蕙质兰心。美韶容、何啻值千金。

便因甚、翠弱红衰，缠绵香体，都不胜任。

算神仙、五色灵丹无验，中路委瓶簪。

人悄悄，夜沉沉，闭香闺、永弃鸳衾。

想娇魂媚魄非远，纵洪都方士也难寻。

最苦是、好景良天，尊前歌笑，空想遗音。

望断处，杳杳巫峰十二，千古暮云深。

『 释义 』

你还那么青春年少，怎生就如花而落，如水而逝？你美得天然去雕饰，聪慧善良似兰蕙，岂是千金可换？造化何以这般作弄，使你总沉疴缠绵？就算神仙援手，灵丹妙药，也逃不过瓶沉簪折的厄运，你我再也不得相晤。夜深沉，人无息，香闺永闭，鸳衾永弃，想必，你的芳魂飘而未远，但也空怅望，因为知道，即便洪都道士，上穷碧落下黄泉，也寻觅不到你。自此后，良辰美景，樽前歌笑之时，我便会想起你的欢颜与欢歌，只是尽枉然。你像如云的巫山神女，缓缓消散，暮色深沉里，杳不可觅。

大中祥符二年，草长莺飞的二月天，春闱[1]已至，醉卧温柔乡的柳三变还是醒了过来，决意科场一搏。他自诩以己之才，"对天颜咫尺，定然魁甲登高第"，就像古人所说的"业成早赴春闱约，要使嘉名天下闻"。

---

1 春闱：京城会试，均在春季举行。

朝夕相伴的虫娘看到柳三变"陡把狂心收系",致力举业，不胜欣喜。他们不约而同地跌进金榜题名的好梦里。柳三变眼见时日无多，亦自磨刀霍霍，只待试日到了，一举夺魁，披靡士林。

真宗重视儒学，提倡质实，崇尚正统，下诏凡"属辞浮靡"者，皆不录选。柳三变词采华茂，自在录选之外。这些年，柳三变虽流转四方，醉心温柔乡，却词名斐然，想不到首次科考，便告落第。他接受不了这现实，心中的自负狂傲与失意无着争斗不休，使他烦躁沮丧。他自谓嵇中散、李太白般不羁的风流人物，睥睨红尘，但又感知到自己对这一切深深的眷恋。他恨憎的，正是他追觅的；他看不起自己，却又把自己抬得比天高。他想得到安慰，便自比古之隐者，淡泊蝇头蜗角。所谓"小隐隐陵薮[1]，大隐隐朝市"，他柳三变何妨就做个隐于烟花温柔的大大隐。想到李后主曾微行娼家，酒醉间，大书右壁之语"浅斟低唱，偎红倚翠大师鸳鸯寺主，传持风流教法"，落寞的柳三变，便挥毫填得《鹤冲天》一阕：

> 黄金榜上，偶失龙头望。
>
> 明代暂遗贤，如何向。
>
> 未遂风云便，争不恣游狂荡。

---

1 陵薮：山陵和湖泽。

何须论得丧？才子词人，自是白衣卿相。

烟花巷陌，依约丹青屏障。
幸有意中人，堪寻访。
且恁偎红倚翠，风流事，平生畅。
青春都一饷。忍把浮名，换了浅斟低唱。

『 **释义** 』

黄金榜上未题名，不过偶失龙头望。但如此清平盛世，仍有如我般被遗落之才，怎能不教人懊恼？罢了，与其为未第而伤怀，不如敞襟狂欢。何必患得患失？像我这样的才子词人，即使身着白衣，也不亚于公卿将相。烟花巷陌，隐约得见如画楼阁，我的心上人，正于其间等候，这就阔步前去。暂且偎红倚翠，畅享风流。青春一饷转眼去，我宁愿把功名，换成手中浅浅的一杯酒和耳畔低徊婉转的吟唱。

在柔情可人的虫娘和众美姬的劝慰相伴之下，柳三变科场失意的情绪渐渐消散，又恢复到原来的自在闲散。美酒、清歌、俏舞、佳人的颂赞与温柔，是他伐性的斧，亦是他消愁的蜜。一次次琥珀美酒畅饮，一阕阕绝妙好词写就，他觉得，他真真是匿于红粉丛中风流盖代的千古大隐，同时，他又深信来年科考，"柳三变"之美名定然天下闻知。如此，他便心安理得、了无烦

扰地，一边恣意纵情，一边憧憬来朝登第，一似其《如鱼水》
所谓：

帝里疏散，数载酒萦花系，九陌狂游。

良景对珍筵恼，佳人自有风流。劝琼瓯。

绛唇启、歌发清幽。

被举措、艺足才高，在处别得艳姬留。

浮名利，拟拼休。是非莫挂心头。

富贵岂由人，时会高志须酬。

莫闲愁。共绿蚁、红粉相尤。

向绣帏，醉倚芳姿睡，算除此外何求。

『 释义 』

数年来，闲散于京华之八街九陌，沉醉美酒，流连佳人。好
景，盛宴，花颜，无时不在撩拨、慰抚我。她们玉喉清啭，绛唇
劝饮，视我为艺足才高的词客柳七哥，挽留复挽留。名与利，如
浮云，我将尽力抛却。是与非，切莫挂心头；富与贵，岂能由人
意？且淡然。虽如此，时运到来的时候我的高志宏愿必会酬现。
无须愁，与佳人共饮，醉后有佳人相伴而眠，想想看，除此之外
我别无他求。

7

大中祥符八年，已过而立之年的柳三变，带着新的希冀，二入场屋。万料不及，竟再失"龙头望"。这对柳三变的打击，几乎是毁灭性的。这次落第，据说是因真宗看到"柳三变"其名，便问左右："可是填词柳三变？"左右答，正是。真宗没好气道："且去填词，何要浮名？"据说柳三变那阕《鹤冲天》实在风传太广，连真宗及刚进封寿春郡王的六皇子赵受益，也就是后来的仁宗，都有所听闻。他们均对那句"忍把浮名，换了浅斟低唱"愤恼至极。这分明没把科考放在眼里！既如此，就别妄想得第了。

柳三变远离崇安十数寒暑，原为仕进而来，今却一无所就，这使他深觉无面目返乡。其两位兄长亦是毫无功名，兄弟三人皆仰仗老父给养。要并不宽裕的家中接济其日常用度，更使柳三变感到羞愧。其小词海内轰传，洛阳纸贵，换得的润笔本够他开销，只因其理财不善，手笔又大，反而常常弄到青黄不接之境。此前他太过自负，视得第如指掌，锦绣前程仿佛指日可待，那些鸨母尚多觍颜奉承；二次落第之后，她们已对两袖清风的柳三变不抱期望，冷眉冷眼。

温柔乡顿然消散了曾有的温柔，他这才明白，那不过是滚烫烫的销金窟。就连虫娘的鸨母，也不把柳三变放在眼里，甚至挑破窗纸，扬言不能再让虫娘为其一人所据，耽阻虫娘财路。柳三变赶在未被扫地出门之前，自行离去。虫娘泪光盈盈，不忍看他这般狼狈落拓，却也无法。他们定好约期，悄无声息地相会。每次都等得漫长，别得匆促，煎熬和惆怅紧紧攥住两颗炽热的心。从前的朝朝暮暮，变成现在的相见时难，时间一长，虫娘心底不仅生出无端猜疑，也滋生了丝丝怨尤。柳三变已为再次落第伤透心，还要忍受情人的猜疑折磨。为释虫娘重重疑念，他为她填得一阕《集贤宾》：

> 小楼深巷狂游遍，罗绮成丛。
>
> 就中堪人属意，最是虫虫。
>
> 有画难描雅态，无花可比芳容。

几回饮散良宵永，鸳衾暖、凤枕香浓。

算得人间天上，唯有两心同。

近来云雨忽西东。诮恼损情悰。

纵然偷期暗会，长是匆匆。

争似和鸣偕老，免教敛翠啼红。

眼前时、暂疏欢宴，盟言在、更莫忡忡。

待作真个宅院，方信有初终。

『释义』

恣意游遍小楼深巷，绮罗丛中，我最属意于你，虫娘。你风致优雅，丹青难描；你芳容绝丽，万花莫比。多少次，笙歌零散，与你良夜共度，温暖的鸳鸯锦被，香气萦绕的绣凤枕头，那是人间天上的流景，你我两心密结，誓不离分。不想，近来你我东西两隔，烦愁纠结，纵然暗里相见，也是短暂匆忙。怎生才得与你如鸾凤和鸣，欢洽偕老，免你蹙眉哭泣？如今的疏远难拥，不过是暂时的，你我之间有山盟海誓，无须忧虑。相信我，终有一朝，你会成为我柳七的爱姬，那时，才能证得你我誓言非虚。

勾留汴梁已久，从前的快慰平生已不可得，柳三变决意暂别这伤心之地。他想四处漂流，继续多年前中断的行吟生涯，一为消愁散忧，一为得遇伯乐，托其引荐。行前，他等候良久，也未等到虫娘到来，他不知是她无意前来，抑或为其鸨母所阻。阴沉的天色下，他神色怅然，终究独自登途。

再次浪迹的柳三变，形若浮云，萍踪无定：或在"街东酒薄醉易醒，满眼春愁销不得"的长安；或在"吴楚东南坼，乾坤日夜浮"的楚地；或在"万壑与千岩，峥嵘镜湖里"的会稽；或在"苑方秦地少，山似洛阳多"的金陵。夜宿晓行，因落第而纠缠于心的绵绵寂寞，被踏碎在尘土里，飘散在云烟中，但行役之苦、相思之念仍如影随形，挥之不去，使他意绪阑珊。

《少年游》
长安古道马迟迟，高柳乱蝉嘶。
夕阳鸟外，秋风原上，目断四天垂。

归云一去无踪迹，何处是前期？
狎兴生疏，酒徒萧索，不似少年时。

『释义』
在长安古道上骑马缓缓而行，道旁的柳树上秋蝉不停地嘶鸣。远方夕阳沉落，秋风在原野上吹，我极目远望，天际广阔，夜幕降临。华年逝似浮云，一去无踪；冶游饮宴的兴致已衰减，从前的酒友也已寥寥无几，再也不是狂放不羁的少年时了。

《蝶恋花》

伫倚危楼风细细。望极春愁，黯黯生天际。

草色烟光残照里。无言谁会凭阑意。

拟把疏狂图一醉。对酒当歌，强乐还无味。

衣带渐宽终不悔，为伊消得人憔悴。

『 释义 』

长时间倚靠在高楼栏杆上，细细的春风迎面吹拂。望不尽的春日离愁，沮丧哀愁从遥远的天边升起。碧绿的草色、迷蒙的烟光掩映在落日的余晖里，谁可理解我此刻的心意？想纵酒一醉，举杯高歌，又觉得勉强求乐全无兴味。相思似是无形刀，我日渐消瘦，衣带宽松却毫不懊悔，为了她，我一身消瘦神色憔悴又何妨？

《征部乐》

雅欢幽会，良辰可惜虚抛掷。

每追念、狂踪旧迹。长只恁、愁闷朝夕。

凭谁去、花衢觅。细说此中端的。

道向我、转觉厌厌，役梦劳魂苦相忆。

须知最有，风前月下，心事始终难得。

但愿我、虫虫心下，把人看待，长似初相识。

况渐逢春色。便是有、举场消息。

待这回、好好怜伊，更不轻离拆。

『 释义 』

她的青春年华就这样虚掷在饮酒作乐之中，实在可惜。每每想起过去放荡不羁的生活，只觉得如此漫长，朝夕忧虑愁闷。有谁能代我到花街柳巷寻访她，转达我心头绵绵的情意，要她得知，我的魂梦里尽是对她的苦苦思忆？应知良辰美景及心头所念之事，往往是最难得到的。漂泊异乡的我，唯愿吾爱虫娘，淡然相待新客，勿要投入太深、将旧人淡忘。又值春色渐浓，春闱将至，若有考场消息，我定然返京，与你相聚，这一次，必要好好怜惜你，再不相离。

8

天禧二年春，三十四岁的柳三变，历经了数年奔波流离，干谒之途一无所获，带着满身倦意归京三试。和他同入场屋的，还有其二位兄长，柳三复、柳三接。

柳宜当初为子取名，颇费苦心。长子名"三复"，出自《论语·先进》"南容三复白圭，孔子以其兄之子妻之"，取意君子当慎言慎行；次子名"三接"，出自《易经·晋卦》"康侯用锡马蕃庶，昼日三接"，寄意其日后将深受恩宠礼遇；三子"三变"，出自《论语·子张》"君子有三变：望之俨然，即之也温，听其言也厉"，取意君子须温厉兼之。奈何柳氏兄弟皆仕途困顿，至此无一中第。这届春闱，三兄弟相视而叹，复又彼此勉励，以期偿愿。

从考场出来，柳三变从未似这般惶恐紧张过，几乎忘却从前的孤傲自负，等榜的日子于他简直是度日如年。现下他居于歌伎瑶卿之所，虫娘只有得隙，才可一会。瑶卿、秀香、英英都视他若知音，他虽落魄，她们却绝无嫌弃，甚至甘心将其所获缠头的大半交与鸨母，祈求能让柳七哥留居。柳三变甚为她们的盛情所触，为之写下很多传布一时的小词。他想念虫娘，又不愿被其鸨母侮辱，只有万般忍耐。等榜的煎熬，也使他暂时抛却其他烦忧。

放榜那天，柳三变如遭五雷轰顶，他不敢相信，自己竟三次落第。柳氏兄弟中，唯长兄柳三复得中。柳三变本该为长兄高兴，却高兴不起来。他和二哥柳三接，都在苦涩的愁闷里难于自拔。相好的歌女们闻讯后，纷纷赶来好言劝慰，他仍悲慨难已。三试三落，他柳三变之于仕途，难道就此无望？酒阑人散，他一人伫立于高楼，对月长叹，不知是否还要在此歧途上艰难前行！他思来想去，觉得自己落得这般田地，和那首《鹤冲天》不无关系。官家对他这般不受拘束的才子是鄙夷的，那首诗虽已是陈年旧作，却还是被抓牢不放！难道他柳三变也要如孟浩然般，弃仕归隐？他长长一叹，似心落尘埃。

自此，柳三变变得更疏狂不羁，是宣泄，亦是隐约的抗逆。在烟花俗尘里厮混，是他异于他人的"隐"。他太眷恋俗世的热烈喧嚣，那才是人间滋味，受不得疏离人烟的凄清孤寂。

柳三变几乎绝望地等待着下一次春闱的到来，在此之前，他要更快乐更纵情，唯有如此，才避得开铺天盖地的虚空。瑶卿原为宦家女，通文墨，精音律，柳三变常说她是自己的风尘知己。瑶卿的才情和善解人意，为他消减了不少忧愁。

不久，相熟的歌伎英英早夭，再次给他带来人生如幻的感喟。他为英英写下悼词《秋蕊香引》：

留不得。光阴催促，奈芳兰歇。

好花谢，惟顷刻。

彩云易散琉璃脆，验前事端的。

风月夜，几处前踪旧迹。忍思忆。

这回望断，永作终天隔。

向仙岛，归冥路，两无消息。

『 释义 』

留不住呀！光阴催促，倩如芳兰的你，竟此永去！好花荣枯，不过霎时。美丽的彩云易消散，斑斓的琉璃往往脆弱，世事总是如此。起风的月夜，重临旧地，物在人逝，怎能忍住不去思忆？这次就算双眸望穿，已是天人相隔，不可再见。芳魂何在，是登仙界，抑或是落黄泉？终无音信，使人愁怨。

　　从虫娘口中，柳三变得知心娘厌倦风尘，因遇一客居京华的举子，两人甚是相契，心娘脱离风尘的心日益坚定，然而那举子摇摆不定，使她忧心惆怅。柳三变向来对心娘之侠肝义胆敬重有加，他知道若那举子亦心意坚定，心娘势必跟他远走高飞，虽万死而不移。他只怕心娘剃头担子一头热，临了，落得惨淡收场。他给虫娘讲了前朝书生李益和娼女霍小玉的旧事。两人曾经山盟海誓，此后李益却负霍小玉，以致霍氏抱恨以终。柳三变托付虫娘将此故事诉与心娘，望其三思，并代作小词《迷仙引》，以寄之。

　　　才过笄年，初绾云鬟，便学歌舞。
　　　席上尊前，王孙随分相许。
　　　算等闲、酬一笑，便千金慵觑。
　　　常只恐、容易蕣华偷换，光阴虚度。

　　　已受君恩顾，好与花为主。
　　　万里丹霄，何妨携手同归去。
　　　永弃却、烟花伴侣。

免教人见妾，朝云暮雨。

『释义』

才满十五岁，刚开始梳绾发髻，我便学习歌舞了。酒宴席上杯盏前，曲意逢迎王孙公子。这样的日子，岂为我所愿？若非不得已，千金也难换我一笑！然而，我常常害怕，韶华易逝，光阴虚度。

如今得你眷顾，愿能为花做主。晴空万里，布满丹霞，何不携我远去，永弃烟花界？免教人见我，便思巫山云和雨！

心娘听得霍小玉之事，亦看罢那阕《迷仙引》，泪落不止。她已多日未见心上之人，生怕会蹈霍小玉之辙。她始终对他抱有希冀，然而光阴寸寸消泯，她仍空空相候。虫娘和佳娘劝她放怀，不必再等。她们的命运就是这样，日日欢笑，夜夜心伤，所谓良人，当不得真，普天之下，有几个柳七哥？只有在他眼中，她们才是个人。心娘珠泪泻落，不能自已。虫娘、佳娘，也悲切拭泪。虫娘将此情景说与柳三变，他不由得叹息，填就一阕《昼夜乐》，竟不置一语。

洞房记得初相遇，便只合、长相聚。
何期小会幽欢，变作离情别绪，况值阑珊春色暮。
对满目，乱花狂絮。只恐好风光，尽随伊归去。

一场寂寞凭谁诉。算前言，总轻负。

早知恁地难拼，悔不当初留住。

其奈风流端正外，更别有、系人心处。

一日不思量，也攒眉千度。

『释义』

你我在绣阁相遇的情景仍历历在目，当时便想着日后可长相依。怎料短暂的幽会欢好，转瞬作相离，加上暮春时节，满目阑珊，遍地残花飞絮，唯恐这美好的春色都将随你永去。心底的寂寞哀愁，可向谁诉说？曾经的盟誓，竟然这般轻易辜负！早知如此煎熬，当初就应该把你留住。见过多少男子，从来没人可如你这般，除了长得风流端正，还有缠绕人心的地方。一日不思念你，眉头也要蹙千百遍。

9

乾兴元年二月十九日，真宗驾崩于延庆殿，由赐名"赵祯"的皇太子赵受益即位，是谓仁宗。

仁宗年幼，军国政事，暂时都由皇太后刘氏决断。柳三变以为，对他有成见的真宗不在了，他的仕进之途或将时来运转，落拓失意的才子词人心底又隐隐升起希冀的光芒。但他已成惊弓之鸟，不敢轻入举场，生怕若再遭颠扑，势难再起。

又一次春闱到来，柳三变忍痛选择了放弃，旧伤口还未痊愈，他禁不起新的重创。他只想和那些依旧崇拜他、善待他的歌伎们朝暮厮守，在笙歌嬉游中忘忧。他的小词写得更多更好，也有更多资财，虫娘的鸨母也不再相阻，他又搬回虫娘居处，从前的良辰，燕子般飞回来了。他代虫娘之口，填得一阕《定风波》，表其两心所系，祈望厮守之日可得长驻。

自春来、惨绿愁红，芳心是事可可。
日上花梢，莺穿柳带，犹压香衾卧。
暖酥消，腻云亸。终日厌厌倦梳裹。
无那。恨薄情一去，音书无个。

早知恁么。悔当初、不把雕鞍锁。
向鸡窗、只与蛮笺象管，拘束教吟课。
镇相随，莫抛躲。针线闲拈伴伊坐。
和我。免使年少，光阴虚过。

『释义』

自入春以来，便觉得那绿叶红花里也带着忧愁，我的芳心也觉得百无聊赖。日色已升上花梢，黄莺在柳条间穿飞鸣叫，我仍拥被不愿起来。玉肌消瘦，发鬟散乱，整日懒起梳妆。好没意思！皆因你这薄情人，一走便音信全无。早知这般，当日便应该把你的宝马锁起来，使你不得扬尘远去。如此，便可与你在家中厮守，看你吟诗作词，朝暮相依。从此我也不必躲躲闪闪，每日拈线捏针，长伴你身侧，免得苦苦等待，将青春虚度。

天圣二年，年逾不惑的柳三变，在虫娘和瑶卿的鼓励下，四试春闱。

此时，十六岁的仁宗，在刘后的教导之下，益加推崇儒雅、务本之风，他虽好小词，但鄙夷艳冶俚俗之作。当其在考卷上看到"柳三变"三字之时，仿佛真宗附体般地追问了一句，可是"忍把浮名，换了浅斟低唱"之柳三变？确为其人时，这位年轻的皇帝，和其先皇如出一辙地画掉柳三变的名字，并气恼地声言，且去填词！

四次落第的柳三变，所有的狂傲自负，霎时碎为粉末。他以为新皇帝不会再理会其"前科"，没料想，父死子继，他的命运仍为紧紧攫住，不得伸展。所有的安慰，都显得苍白无力，他决心再也不要企图仕进，建功立业。皇帝既诏其"且去填词"，那他就填词去！

自此，柳三变，这位穷途士子，便自号"奉旨填词柳三变"，醉卧花丛酒乡，不问仕进。只是他再也不愿羁留京华，虽夜夜欢歌，却骗不得自己。他在这里恣肆华年，也在这里埋葬华年。从少年青衫，到须发微霜，他的奋进和憧憬，都化为云烟。

心底无从遣散的悲愤，使其决意离开京华。帝里风光，烟花红粉，也挽不住他挥别的衣袖。

盛暑消尽，清秋渐至，一个欲雨的黄昏，虫娘、瑶卿等一众风尘知己，以及三两相契的酒友，于都门长亭设帐，为将行的失意词人柳三变饯别。已到行时，又为雨幕所阻，不舍相别的他们，不约而同地在心里期盼这是场永不停歇的雨。

不知多久过去，骤雨渐歇，船夫的催促声，唤醒了众人的不舍。值此黯然之时，柳三变浊泪轻弹，低低吟唱了一阕发自肺腑的《雨霖铃》：

寒蝉凄切。对长亭晚，骤雨初歇。
都门帐饮无绪，留恋处、兰舟催发。
执手相看泪眼，竟无语凝噎。
念去去、千里烟波，暮霭沉沉楚天阔。

多情自古伤离别。更那堪，冷落清秋节。
今宵酒醒何处，杨柳岸、晓风残月。
此去经年，应是良辰、好景虚设。
便纵有、千种风情，更与何人说。

『释义』

秋后的蝉鸣凄切，一场急雨刚刚停住，饯别的都门帐中，我们凝望着对面被暮色浸染的长亭，一片离愁别绪。正依依不舍，船夫频频催促。执手相看，泪眼蒙眬，胸中有千言万语，最后竟相对无言！这一去，千里迢迢，方能抵达苍阔的楚地。

自古迄今，多情之人，难避别离之伤，况且，正值清秋时节！今宵酒醒之时，我将置身何处？也许，晓风残月之下，杨柳岸边，便是我的孤舟停泊之地。这番别过，于我而言，良辰美景都将如同虚设。只因，即便它们风情千种，我已无人相赏相诉！

舟行南下的柳三变，宛若孤雁，长日，纵目岸上的远山云树、疏林孤村；永夜，聆听窗外的凉风穿叶、寒蝉鸣叫。旅途的苦闷艰辛，令他想到曾和虫娘模仿玄宗与杨贵妃在长生殿盟誓之事，不胜伤情。他自问宦途崎岖，又何苦自断情路，伤人伤己？多少次回首，想改变主意归去，终究一任舟破碧浪，天涯羁旅。某夜，独宿村驿，寒月当窗，夜凉侵肌，身心俱疲的浪子词人，唯有填词自娱。

《忆帝京》

薄衾小枕凉天气，乍觉别离滋味。

辗转数更寒，起了还重睡。

毕竟不成眠，一夜长如岁。

也拟待、却回征辔；又争奈、已成行计。

万种思量，多方开解，只恁寂寞恹恹地。

系我一生心，负你千行泪。

『释义』

天已转凉，薄被难耐清寒，突然觉得离情萦绕不去。辗转难眠，细数着寒夜里那敲更的次数，起来了又重新睡下。漫漫长夜，似一年那么漫长，如何度过？曾想转返京华，免受相思之苦，然而既已成行，又怎能无功而返呢？难熬之夜，难去之念，毫无缓解之法，只得任寂寞侵袭。此生我将永远将你系在心上，只是辜负了你流不尽的泪！

虫娘不谙文事，又兼柳三变江湖沦落，居宿无定，所以收其锦书甚少。而瑶卿精研文书，倒不时有锦书相寄。对柳三变来说，瑶卿的来书，就像晓月下的杏花、暮色中的疏兰，清淡秀隽，甚慰其愁闷。

《凤衔杯》

有美瑶卿，能染翰。

千里寄、小诗长简。

想初襞苔笺，旋挥翠管红窗畔。

渐玉箸、银钩满。

锦囊收，犀轴卷。

常珍重、小斋吟玩。

更宝若珠玑，置之怀袖时时看。

似频见、千娇面。

『 释义 』

瑶卿，你美而善文，有小诗、长信，千里相寄。捧读之下，不由得想象你于朱窗旁，折纸准备书写的样子，纤手轻挥翠毫，篆字似玉箸，草字似银钩。我是这般爱惜它们，收之于锦囊，卷之于犀轴，千般珍爱，常于小斋吟赏。甚至，视若珠玉般珍贵，放在怀里、衣袖中，不时拿出来欣赏。每每相看，你那千娇百媚之容，便似显现眼前。

一晃，就是数载羁旅行役，柳三变只觉自己年华已老去，虽词名天下，却功业无成，少时壮志始终难酬。放不下的，终究放不下，这些年，他自欺欺人，却始终愁郁难解。无意词章，却因词名世；有意勋业，却天涯落拓。他看不透命运的招数，想要的，他已尽力争取，却一无所得。

瑶卿曾来书，告知他，虫娘、佳娘、心娘及秀香等人均因年老色枯，已如星散，她不久也将离开京华，归宿苍渺。收到信后，柳三变伫立于江楼，远眺北地，不胜伤情，心生归意。

《曲玉管》

陇首云飞，江边日晚，烟波满目凭阑久。

立望关河萧索，千里清秋。忍凝眸。

杳杳神京，盈盈仙子，别来锦字终难偶。

断雁无凭，冉冉飞下汀洲。思悠悠。

暗想当初，有多少、幽欢佳会。

岂知聚散难期，翻成雨恨云愁。

阻追游。每登山临水，惹起平生心事。

一场消黯，永日无言，却下层楼。

『释义』

山岭上，云彩纷飞，黄昏的江边，暮霭沉沉。眼前烟波万里，我凭栏久久地远望，只见山河一片清冷，清秋时节处处萧索，使人凝眸感伤。远在京华的你，如仙子一般，无时不在我心上，自从别后，却难得有你锦书，相思难慰。望断南飞的大雁，也等不来书信，只使我的愁思更长。回想当初多少美好的相会时光，谁料聚散不由人，都变作今日的无尽愁怨。相隔千里，再不能与你相守。每当我登山临水，总牵起无限心事，无限黯然，唯有久久地沉默伫立，独自下楼去！

10

天圣七年，年将五旬的柳三变返京寻找故人，京华繁华如昔，故人却已零落。虫娘不知沦落何处；瑶卿孤苦，以卖字糊口；心娘沉水而没，花冢也无；佳娘、秀香亦不知所终；酥娘做了鸨母，昔时华彩无迹可寻……

那日，柳三变站在熙熙攘攘的大相国寺街头，远远看着风韵犹存，却明显憔悴的瑶卿，不敢上前。他知道，她不希望他看到这样的她。相认了，也许，再也无法收到她的书简，连唯一的联系也消亡了。满眼含泪的词场才子，夕阳影里，背转身去，穿着一袭旧衫的瘦弱身影，迎着渐渐变暗的天色远去。

心力交瘁的柳三变大病了一场，独卧陋室，任由病痛肆虐。好容易痊愈了，他决意改掉"三变"之名。这名字，给他带来了太多不幸，使其半生落魄，现在，性命也几乎难保。思来想去，就改作"永"，字也更为"耆卿"，皆取长生不衰之义。

曾经的柳三变，如今的柳永，决意再次离开使他又爱又憎的汴梁，单身只影，向西北漫游。

明道二年，摄政十数年的刘太后病逝于宝慈殿，二十四岁的仁宗开始亲政。此际，老迈的柳永，寓居于"更欲题诗满青竹，晚来幽独恐伤神"的渭南。一个清秋之夕，柳永独上江楼，对着潇潇暮雨，满目山河，悠悠逝水，千愁百绪，翻涌心头，填得《八声甘州》，以纾忧苦。

对潇潇暮雨洒江天，一番洗清秋。
渐霜风凄紧，关河冷落，残照当楼。
是处红衰翠减，苒苒物华休。
惟有长江水，无语东流。

不忍登高临远，望故乡渺邈，归思难收。
叹年来踪迹，何事苦淹留。
想佳人妆楼颙望，误几回、天际识归舟。
争知我，倚栏杆处，正恁凝愁。

『 **释义** 』

江楼之外，潇潇暮雨，江天相混，待至雨歇，清旷如洗，秋意愈浓。霜风凄凉，一阵紧似一阵，关山江河一片萧肃，落日的余晖照耀在高楼上。值此时节，红花绿叶皆已凋零，一切美好的景物都在渐渐衰残。唯有那滔滔的长江之水，静默无言地向东流淌。

不忍心登高远看，唯恐望见遥远渺茫的故乡，难以收拢归家的心思。感叹自己多年来的行踪，不知为何竟奔波若此！想起佳人，或许也正如我般伫立在华丽的高楼上远望，数次把远方的船误以为是心上人归来的船只！她又如何知悉，此刻倚栏而立的我，正饱受愁思折磨？

他在思念谁？谁又在思念他？他知道，那不过是自己的悬想罢了。虫娘也许已不在人世，也许正为生计劳苦，也许，她真的在某一个窗畔，一如往昔地盼他归去。谁知道呢！

此后，柳永迁居蜀中，干谒益州的知州田况，一无所获，出蜀，又循江东下，抵达"莫愁魂逐清江去，空使行人万首诗"的鄂州。柳永心底一直有股气，憋在那儿，无论多少次败落，绝望，自欺，自弃，他还是要竭尽全力伸手，去够一够那高高在上、缠满功名的桂枝！否则，他死难瞑目！

景祐元年，仁宗特开恩科，对历届科场沉沦之士放宽录取尺度，五十一岁的柳永得此佳讯，喜不能信，不由得老泪纵横，他仿佛看见那条斑斓的桂枝正朝其伸来。

急切间，柳永买舟北上，预入春闱。这个春天，会不会属于他呢？他不堪多想，只去拼此最末一役。这次卷上所署之名，已非"三变"，而为"永"。

柳永试完，同其兄长柳三接一道煎熬地等待着。放榜那天，柳氏兄弟不敢前往，便托一少年前去探视。结果双双中第！一对饱经忧患的老兄弟抱头号啕而泣！

柳永初授睦州推官，赴任途中，过苏州，谒见年幼其五岁，却早登仕途，时为苏州知州的范仲淹。两人早年同场入试，虽仕运迥然，亦属故人，相谈之下，甚是相欢，这给期望仕途更进一层的柳永带来些许热望。

在睦州任职期间，柳永得遇睦州知州吕蔚赏识，并被举荐给朝廷，因受谗诟，遭排未果。

柳永在南剑，遇见一位名为朱玉的歌伎。朱玉素闻柳永词名，倾意待之。时值太守生辰，朱玉受邀在寿筵上献唱，她恳请柳永为其作庆寿之词，柳永欣然应允。太守筵上闻得朱玉所讴之词，不亦说乎，厚加赐赏。朱玉因之更与柳永恩爱欢洽。

临别之际，朱玉誓愿杜门为期，待柳永归来。柳永因事返京，日久未还，朱玉以为柳永待她不过等闲风尘，未萦于怀，便弃却旧约，重操旧业。得闻此讯的柳永，再访朱玉，她竟相托婢子，言其有其他客人不得不接待，无从得见。柳永望着眼前这个曾经欢好之地，不由对之拱手，凄然作别。

不想，临行之夕，太守的饯行筵上，柳永又同朱玉遇见。朱玉得隙，便向柳永细诉苦衷，原来她觉得自己违背前约，无颜相见，但自窗畔目送他怅然别过，又不胜情，便前来赴约，以期一见。柳永心中一番纠结挣扎，终究释然，对朱玉声言，若其甘心随他而去，他愿与之携手终老。朱玉啼笑不已，颔首称允。席散之后，柳永填得一阕《秋月夜》，赠之。自此，朱玉决弃烟花生涯，相伴柳永始终。

当初聚散，便唤作、无由再逢伊面。
近日来、不期而会重欢宴。
向尊前、闲暇里，敛著眉儿长叹。
惹起旧愁无限。

盈盈泪眼。漫向我耳边，作万般幽怨。
奈你自家心下，有事难见。
待信真个，恁别无萦绊。
不免收心，共伊长远。

『释义』

当初相聚别离之时，便以为无缘再见。近日，你我于欢宴之上，不期而会。见你席间无端敛眉长叹，不由勾起蕴积我心中的丝丝旧愁。泪眼盈盈的你，悄悄在我耳畔追悔慨叹。奈何你心有所羁，使得我们难以相见。待你心间无扰，诚意相许，我便倾心于你，厮守长远。

景祐四年，柳永调任其旧游之地余杭，任职县令，他热爱这个地方，也热爱这里的一方子民，一心为治，深孚众望。后，柳永调为昌国县晓峰盐监，他目睹煮海之人的无比艰辛，却依旧面为菜色的凄惨生活，感慨忧愤不已。为能祛除盐民之苦，柳永作了一首反映盐民真实生存状况的《煮海歌》，以期借其盛大词名，传诸圣听。中有"煮海之民何苦辛，安得母富子不贫""本朝一物不失所，愿广皇仁到海滨。甲兵净洗征输辍，君有余财罢盐铁""太平相业尔惟盐，化作夏商周时节"等深切期望盐民能乐业安居、振聋发聩的诗句。

庆历三年，五十九岁的柳永调为泗州判官。柳永任官职以来，虽一直职位卑下，却政声甚佳。但是为官三任，历经六次磨勘[1]，柳永却久困选调，不得赴任。

当时，被誉为升平之兆的老人星显现，仁宗大悦，携宫人朝臣于宫中游看。一向爱赏柳永之才的姓史的入内都知，深怜其潦倒，便乘仁宗欣兴之时，进言使柳永填词应制。仁宗虽不喜柳永其人，但对其才还是多所器赏，便诏柳永进献。柳永得意之下，

1　磨勘：官员考绩升迁的制度。

笔走龙蛇，一挥而就一阕教坊新曲《醉蓬莱》：

渐亭皋叶下，陇首云飞，素秋新霁。

华阙中天，锁葱葱佳气。

嫩菊黄深，拒霜红浅，近宝阶香砌。

玉宇无尘，金茎有露，碧天如水。

正值升平，万几多暇，夜色澄鲜，漏声迢递。

南极星中，有老人呈瑞。

此际宸游，凤辇何处，度管弦清脆。

太液波翻，披香帘卷，月明风细。

『 释义 』

金秋新晴之日，碧天似水。木叶慢慢落在岸边，白云悠悠飘在山巅。华美的宫殿耸入高空，锁住吉祥兴隆之气。玉阶之畔，新开的菊花深黄明丽，芙蓉浅红动人。殿宇之中，洁净无尘；铜仙人承露盘里，盛满了甘露。

正值太平盛世，您日理万机之余，有了更多闲暇，在宫娥使者的拥簇之下，您于清新的夜色中，漏声隐约之中，观赏那颗显彰祥瑞的老人星。此番赏游，您的车驾在何处呢，必是在那清越醉人的管弦乐声里吧？当此之时，明月微风中，太液池定然波光粼粼，披香殿定然珠帘微卷。

　　仁宗御览献词之时，见篇首便着一"渐"字，已露不悦之色；待读至"此际宸游，凤辇何处"，想起其为先皇真宗所作挽联与之暗合，不由神伤；又读至"太液波翻"，禁不住哼了声"为何不言'波澄'"，便掷地上。

　　柳永之望自是破灭，他忧极痛极，又万分不甘，便前去干谒同有词名，已拜为相的晏殊。不料晏殊根本对他不屑一顾，只是敷衍了句："贤俊可作曲子吗？"柳永一听此言，觉其有望，含笑答："只如公子亦作曲子。"晏殊饮了口清茗，眉目不抬，淡淡说道："殊虽作曲子，不曾道'针线闲拈伴伊坐'。"柳永一听便知，原来晏殊和不少士大夫一样，对其词之所谓俚俗十分鄙夷，他只好讪讪告辞。

　　回至归所，茶饭无思、心灰意懒的柳永，俯窗外望，但见清辉遍布尘寰，庭前百花已渐零落，不禁怅然，遂作《看花回》，慨其平生，心生归隐之念。

　　屈指劳生百岁期。荣瘁相随。

　　利牵名惹逡巡过，奈两轮、玉走金飞。

　　红颜成白发，极品何为。

　　尘事常多雅会稀。忍不开眉。

　　画堂歌管深深处，难忘酒盏花枝。

醉乡风景好，携手同归。

『释义』

屈指算来，平生不过辛劳百年，盛衰起落，似影相随。争名夺利中，时间飞逝，日月如梭。不觉，红颜已为白发，高位盛名又如何？

俗务太多，雅聚太少，难得舒眉一笑。不如抛却无谓功名，沉浸于歌管画堂里，一如当年，有佳人美酒相伴。携手温柔，恣酒追欢。

尾声

庆历三年八月，范仲淹被任命为参知政事，颁布"庆历新政"，复订磨勘之律，柳永终于被任命为著作佐郎。之后，柳永又被任为灵台山令，转著作郎，太常博士。皇祐二年，柳永改任屯田员外郎，时年六十六岁，同年退休，定居润州，朱玉一直伴其左右，不嫌其龙钟落魄。此时的朱玉也已华年不再，柳永反觉其越发温柔妩媚，情切动人，视之若妻子。

阅尽繁华风流，又饱尝人间忧患的柳永，自此彻底淡漠一切，亲近佛门。他常常独自到附近一处僧寺，与老僧松下吟和，炉畔清谈，只觉万缘俱断，万虑俱空，心生无限欢喜。

皇祐五年，一个蒙蒙清晓，花醒鸟啼，朝霞晕天之际，曾经的柳三变，今时的柳永，无数烟花心中的柳七哥，谢落了瑰丽又黯然的人生之幕。弥留之顷，柳永隐隐念及白香山那句"幻世春来梦，浮生水上沤"，无嗔无喜，目色沉寂。

柳永走后，朱玉没钱置办后事。时为润州太守的王安礼，得知一代才子无金埋骨，悲慨不已，亲自为其置办葬具，以使英魂可栖。

作为柳三变或柳永，他的死，对多数人而言可能是无所谓的；然而作为柳七哥，他的死，却赚得普天之下烟花知己的一掬伤心泪。这些不被世人当人的风尘女子，在"有井水处，便有能歌其词者"的柳词中有了人的尊严和灵魂，她们不远千里万里，前来吊念她们的柳七哥。她们相约，每逢清明，无论身在何地，都要前往郊原的杨柳之处，上"风流冢"，开"吊柳会"，歌吟柳词，追怀永不远行的柳七哥。

多年后的清明时节，吊柳会上，众红裙唱毕百转千回的柳词，在暮云掩映中黯然归去。那个从云烟中走来，轻摇折扇，青衫飘飘的柳七哥，也在叹息中微笑转身，唯留一抹烟柳，在残阳晚风中兀自拂动……

唐琬与陆游：

世情薄，人情恶，雨送黄昏花易落

1

唐琬的故事，是每个中国人都熟悉的一个园子，但伫立其间，又不胜陌生。它值得被一遍遍讲述，就像窗畔雨声，听多久都不觉厌倦。

故事开始于梅花初凋的清晓，淡淡雾气、蒙蒙细雨，氤氲一切……

2

靖康年间，徽钦二帝"北狩"，北宋山河破碎，康王赵构于应天府即位，南宋立，改元建炎，是为高宗。此后数年，高宗皆在金人紧追之下，四处奔窜。公元1131年，高宗至越州，心情大好，以为已缺金瓯有望复全，于是改元绍兴，并改越州为绍兴，取"绍祚中兴"之义。

绍兴十一年，高宗以金人送回徽宗灵柩，及其生母韦太后为条件，答应处死威震金军的将领岳飞。十一月，南宋与金书面达成《绍兴和议》，南宋将岳飞收复之唐州、邓州、商州、秦州，泰半割让与金，并以每年进贡白银廿五万两，绢廿五万匹，向金称臣。

除夕之夜，被十二道金牌召回朝堂的岳飞，与其子岳云、部将张宪，被高宗和秦桧以"莫须有"的罪名，同被赐死。一代名将，留下"天日昭昭，天日昭昭"八字绝笔，含恨而逝。

这年，绍兴城里，一位十七岁的陆姓少年，闻得岳飞的死讯，禁不住失声大哭，惊得家人不知所措。这位陆姓少年，单名游，字务观，乃前朝尚书右丞陆佃之孙，其父陆宰，曾官至淮南路计度转运副使，又以藏书广博而声闻儒林，其母唐氏，乃江陵名宦之女，可谓名门之后。陆游自幼便对父亲所描绘的那个繁华王朝心生向往，只叹无缘亲历其盛，一早便立志要捐躯庙堂，收复北地。岳飞之死对他的打击，可谓大矣。沉痛愁闷数日，直到书童告诉他，老爷已说服夫人，许他和唐婉订下婚约，方才转悲为喜。

唐婉，字蕙仙，本城名宦唐闳之女，年幼陆游三岁，乃闻名一方之丽姝才女。唐陆两家原有通家之谊，唐婉和陆游自小相识，情意相契，志趣相投，是众人眼中的才子佳人。

两人到了适婚之期，唐陆两家，除却陆游的母亲唐氏反对，其余人无不把他们视作天造地设的一对。现下，母亲听从父亲，答应这门亲事，简直喜从天降，陆游岂有不欢欣雀跃之理？

风吹花开，雨绵叶落，唐陆二人终究缔结良缘。婚后，那些你侬我侬的光阴，实是自瑶台偷得，令人无法相信的欢畅融洽。陆游和唐琬，一个多才士，一个美婵娟，时时处处，如影随形，有他，便有她，有她，便有他。或花前赋诗，或月下联句；或亭榭抚琴，或阁中对弈；或剪烛夜话，或佳日泛舟；或品酒会友，或诵经参禅……神仙眷属，亦不过如是。愈欢愉，愈惧怯，生怕一切终是梦，消散无踪。那个七夕，二人于后花园水榭拜月，陆游不由得吟诵起唐人的《撷芳词》：

> 风摇荡，雨蒙茸，
> 翠条柔弱花头重。
> 春衫窄，香肌湿。
> 记得年时，共伊曾摘。

> 都如梦，何曾共，
> 可怜孤似钗头凤。
> 关山隔，晚云碧，
> 燕儿来也，又无消息。

『 释义 』
风淅淅，雨蒙蒙，柔弱的碧绿树枝上繁花盛放。记得那日，你着一件窄窄的春衫，香肌胜雪，笑颜如画，我们一起摘下娇花，衬在你脸旁，人花比并看。而今，我在关山之外，暮色中，燕子飞来，却不曾收到你的消息。你在天涯，想必正如钗上的孤凤般，孤单寂寞吧？

吟罢，陆游不胜喟叹，却不置一词。唐琬亦随之而叹。眼前虽花好月圆，他们内心的隐忧却都挥之不去。陆游很快从忧思中抽离，他仰望远天的银河，遐想牛郎织女双星鹊桥相会的情景。唐琬却深陷悲愁，不能自已。每次见到婆婆唐氏，她总被无端刁难，甚至叱喝，使她有口难言，忍气吞声。这是她和他之间唯一不圆满之处，却也是最难避开和释解的苦结。

银汉暗转，夜凉似水，两人只得归去，那句"可怜孤似钗头凤"，却深印唐琬心间。

3

绍兴十一年，陆宰去世，年六十一。陆家阖府陷入悲楚中，唐氏更是一连数日，悲号不止。唐琬见婆婆如此伤心，甚是难过，数次上前劝慰，却被唐氏斥退，并厉声辱骂。

唐氏一直不赞成儿子与唐琬的婚事，迫于无奈，方勉强应允。在其眼中，唐琬是个彻头彻尾的狐媚子，自她到陆家，儿子便被其挑唆得日日欢娱，不思举业，不成体统！而今，老爷亦被这扫把星妨死！她怎能不当众羞辱唐琬？！

陆宰死后，陆家的一切都归唐氏打理，唐琬的日子才真正难过起来。陆游并非看不出，母亲处处针对妻子，但他左右为难，终究是劝妻子别和母亲计较，毕竟，父亲新丧，母亲正处在悲痛里。唐琬只有吞声饮泪，她以为日子虽则难熬，但必不会长久，只要她凡事顺从其意，婆婆总会明白她的心思，改变对她的态度。

于是，唐氏不喜她读书吟诗，她便绝步藏书的双清楼，专注做针线活儿；唐氏不喜她和陆游卿卿我我，她便在人前刻意疏远他；唐氏嫌她妆容艳丽，衣饰扎眼，她便洗尽铅华，素衣示人。纵是如此，她仍得不到唐氏一句好言语。只要两人照面，她便少不得受一顿训斥。天长日久，唐琬渐渐不堪折辱，她慢慢开始相信，"孔雀东南飞"的故事，在现实生活中也并非不可能。

陆游渐渐发觉，妻子总在午夜时分独自饮泣，有时辗转反侧直到天明，细问之下，才知妻子所受的委屈竟如此之深！

他找母亲婉言劝说，乞望其能与唐琬好好相处。不想，更招唐氏大怒！更加迁怒于唐琬，认为儿子是受唐琬挑唆，离间他们母子的关系。陆游百般解说，徒劳无益。

和陆游常来往的同郡士人赵士程，和陆游同是宗室后裔，亦是唐氏亲族。他和陆游可谓发小，和唐琬也早已相识。唐氏对赵士程格外倚重，几乎视如己出。赵士程眼见唐氏对唐琬百般挑剔，又不便干涉人家家事，只能暗自替唐琬叹息。

　　唐琬嫁入陆家，多年无嗣，唐氏早已看不过眼。后来唐氏从无量庵卜算归来，听信尼师妙因妄言，认定唐琬与陆游八字有悖，若不及时休去，陆家必遭更大的灾殃。这一回，唐氏哪敢稍怠，心急火燎地逼使陆游写下休书，立即要将唐琬遣回母家。陆游和唐琬双双拜伏于地，请求唐氏收回成命。唐氏脸色铁青，目若泥塑，丝毫不为所动。

　　事已至此，再无他法，陆游只好万般无奈地写下休书，送唐琬悲悲切切地离去。临别之时，两人交换彼此所存之凤头钗。那是他们当初定情之物，今却成其别离之赠。

　　感情甚笃的两人，不忍就此劳燕分飞。陆游在赵士程的援助之下，将唐琬暂置于沈园附近的一处别院。那个春日，陆游趁唐氏前往无量庵还愿，和唐琬相约在沈园会面。

　　陆游到沈园之前，唐琬已备好他最爱的红酥手和黄縢酒，于池阁等候。暖日和风中，陆游望着装扮一新的唐琬，莫名心动。她瘦了，憔悴了，但见到他的一刻，她的眸子找回了往日的神采。他们在斑斓多姿的园子里叙说着这些天彼此的所闻所感，仿佛什么都不曾发生，又回到了往日的欢愉之中。然而书童的催促，却提醒他们，现实的残忍。

　　眼看就要别去，两人依依不舍，又觉来日茫茫。唐琬低下头，却坚定地道："君当作磐石，妾当作蒲苇，蒲苇韧如丝，磐石无转移。"陆游心头一震，不由握住她纤弱的双手，沉声回道："我当作磐石，卿当作蒲苇，磐石无转移，蒲苇韧如丝。"

　　他们不愿再蹈焦仲卿和刘兰芝的悲剧，决心要给彼此安慰和信念。然而，誓言终究只是誓言。

4

　　唐氏发觉唐琬另居别所之事，怒不可遏，责斥儿子竟欺瞒她，实为不孝，要他在她和唐琬间，做一个抉择。陆游无奈之下，只得含泪送唐琬返归母家。

　　唐氏全然无视儿子的悲伤，更罔顾唐琬的痛不欲生。她自觉是为陆家着想，他们怎么想，她不需要顾，也顾不得。

　　陆游自此憔悴消沉，每日借酒浇愁，唐氏不仅不觉愧疚，反而恼怒不已，斥责他为一个女子这般糟践自己，枉为男儿！陆游数次要抢白，终按捺住心中恨意。说到底，母亲是为他的前程着想，即便做错，初心总归未错。唯其如此，他才能安慰自己，才能和母亲相处下去。可是，夜阑人静之时，他的孤单和伤悲，又一再提醒他：他错了，错得如此离谱。

唐氏见儿子一蹶不振，一心想着，只要为他再觅得新人，一切便会好起来。终于找到一王姓女子，出身名门，不晓诗书，不像唐琬那般"狐媚"。陆游虽不情愿，几番和唐氏争执，末了，还是只能顺从，和王氏成其大礼。

陆游初始只觉王氏低眉顺眼，言语虽不文雅，倒也周到体贴，过些时，才惊觉，这是个河东狮般的妇人，悔之不及。唐氏却以为王氏的蛮横善妒，正是守室持家之妇应有之风。犹为唐氏满意的是，翌年王氏便生得一子，取名子虞。

陆游整日在两个强势妇人之间生存，只觉呼吸维艰。这更增加了他对唐琬的思念，那兰心蕙质的女子，那寸寸欢洽的光阴，都不可及了。毕竟是自己懦怯，辜负了她，还有什么好说？

再说唐琬这边，她心中当然有怨，但更多还是眷恋和悲愁。她一直以为他们还有复合的可能，只要他不再娶，她不再嫁。她一直在凄苦地等他，她愿意等待，哪怕十年八年，甚或更久。

所以，当她得知陆游再娶的消息，如同晴天霹雳，几度欲寻死，每每都为家人劝阻。母亲为防唐琬再度轻生，便撂话道："若你去了，为娘也不要活。"唐琬这才抛却轻生之念。

可活着是那般不堪，实在度日如年。夜月如水，幽风拂窗，她斜倚窗畔，听着外边簌簌落叶，低低吟着前人诗句：

日月千回数，君名万遍呼。
睡时应入梦，知我断肠无？

一遍遍吟哦，一遍遍呼唤陆游的名字，那刻她才体会到，这些诗句都是在情感水火里淬炼过的。他是她心底的星，亦是她心底的刺，她不敢想未来，茫茫来日，不想也罢。但，她的命运，由不得她做主。

唐闳得知陆游再娶，气恼至极，便决意让女儿再嫁。迫于父命，亦有几分自毁之念，唐琬含泪答允。至终，唐闳决定将女儿另配给同郡才俊赵士程。唐琬知是赵士程，多少放了心，她深知赵乃一介君子，又觉不安，毕竟，赵士程比任何人都了解她和陆游的前情。

赵士程对唐琬向来敬重、仰慕。在其心中，唐陆二人实为一对璧人，他也曾为了他们能够良缘久延而竭诚援助。不承想，两人的结局还是如此唏嘘，他为他们惋惜。而今，陆游再娶，唐琬孤苦一人，既然唐闳决意让女儿再嫁，恰巧又问及他，他深思后爽然答应。至少，比起其他人，他了解她，爱慕她，敬重她，可使她在新的婚姻里不那么吃力。即便她对他无意，他亦不在乎。

唐婉嫁给赵士程后，二人虽非情意相投，倒也相敬如宾。唐氏听闻唐婉另嫁赵士程，便嗤之以鼻，认为唐婉到底狐媚子，将赵士程也迷惑住。陆游对母亲之言，懒得辩驳，只作听不见。王氏为讨唐氏欢心，也在一旁风言风语，婆媳二人一唱一和，不亦乐乎！陆游实听不下去，拂袖而去。

他有惆怅，甚至悲切，但事已至此，便算尘埃落定。到底士程是知根知底的，他不会亏待婉妹。罢！罢！罢！自此，陆游便抛却儿女私情和家中琐细，只一门心思做学问，专注仕进。只是，奸佞当道，以致他仕路崎岖，郁不得志，光阴漫漫，孤清难熬。

5

绍兴二十四年，因秦桧从中作梗，礼部考试，陆游未被录取。当时陆游已二十九岁，行将而立之年。他只得带着仕途困顿的忧闷，返回山阴。然而在家中，王氏的骄悍与母亲的絮聒，使他愈觉烦愁。除了沉溺诗书，便是同友人聚欢游乐，唯其如此，方觉忧思稍除。

那日，晴日当空，好花散芳，陆游突然想去禹迹寺附近的沈园游赏。这是他与唐婉的旧游之地，也是盟誓之处，为免触景伤怀，之前他努力隐忍不敢前往。但此刻，心间有种莫名冲动，激发他往沈园的方向走去。

　　到得沈园，陆游恍如置身梦中。一切都似旧时，繁华而不失清幽，每至一处，都能忆起他与唐琬往日的点滴。不觉已到那座建于池沼之上的玲珑画阁，他的心，像断弦般颤抖着，不知要不要上前。终究，还是走了过去，走向旧梦的核心。恍惚中，他似乎看到那美丽的女子正于画阁倚柱凝望，眼里是遮不住的哀愁。他禁不住失声唤了一声"琬妹"，对方却无回应，他才惊觉方才不过是幻觉，无尽惆怅，涌上心头。

　　伫立画阁良久，微风吹过，郁郁花香拂来，熟悉得如同那些美好回忆中的气息。没想到，他们竟会永远分离。曾经的誓言，都已随风。陆游情难自已，他不能再逗留在这个使他不胜惆怅又无限流连的地方。

　　然而，转身的刹那，一个熟悉的身影，正朝他而来。陆游不敢相信，他揉了揉眼，才确定不是梦，竟是她，真的是她，仿佛娉娉婷婷自他心中走出。

　　这头的唐琬也不由得怔住，她亦不敢确信，陆游竟在眼前。片时踌躇，她还是退步侧身伫立桃树之下。紧随其后的赵士程也看到了陆游，几分尴尬，绊住了他的脚步。

　　陆游凝伫于阁畔，只好强笑着，向他们的方向拱了拱手。赵士程迎上去，叫了声"陆兄"，亦不知如何寒暄。两个爱着同一女子的男子，在这个春日的瞬间，只觉天地凝滞，呼吸都要冻结。

　　不知何时，亦不知说了些什么，两人终于揖别。陆游忍不住偷眼探看桃树下的唐琬，隐隐看到她似在以帕拭泪，倩影亦比从前消瘦多了，顿时，他喉头哽住。泪眼蒙眬中，陆游目送赵士程偕同唐琬遥去。看到她走出几步，忍不住回眸，他觉得心头如有大雨，飘拂而下。

看他们的身影消失在视线中，陆游独自在园里踯躅，像失线的纸鸢，一切好景都成虚设，道不尽的巨大的孤独，砸中他，碾压他。不觉，已至一面粉壁前，禁不住叫来仆从，取笔砚，将那阕他和她都喜欢的《撷芳词》，改题为《钗头凤》，题写于壁：

红酥手，黄縢酒，
满城春色宫墙柳。
东风恶，欢情薄，
一怀愁绪，几年离索。
错！错！错！

春如旧，人空瘦，
泪痕红浥鲛绡透。
桃花落，闲池阁，
山盟虽在，锦书难托。
莫！莫！莫！

『 释义 』

还记得当初与你偕游此园，桃花灼灼，柳色似碧，池阁中，你我共食红酥手，同饮黄縢酒，欢洽不胜。不料，东风摧，花落柳残，你我亦为命运所分。与你相离这些年，我的一腔愁绪，无人得诉。全错了！全错了！全错了！

而今，春色依旧，只是，你我皆已消瘦，远望去，你正低头拭泪，脸上的胭脂都被泪水洗净，薄绸的手帕都被湿透。桃花被风吹落，飘落在清冷的池阁上，曾照水面的双影，已无从寻觅。在此发下的山盟仍在，只是我们，皆再为人夫人妇，无限心事，锦书已难托。罢了！罢了！罢了！

唐琬无论如何料不到，这次偶游沈园，会同陆游邂逅。归去数日，仍难从园中四目遥视的刹那抽离。原本沉寂寡言的她，变得更沉寂。

而赵士程本以为唐琬愿陪他游赏沈园，意味着她的心意已开始扭转，谁知会遇见陆游，自此，她便和他更明显疏远。见她如此痛楚，他也跟着难过，多少次试图劝慰，终究作罢。他知道她听不进去，除非她自己转意过来。唯有等待。

好好的春天，一个又一个过去，她却仍在那个春天的瞬间，停滞。

绍兴二十六年，唐琬自觉时日无多，意欲重往沈园，侥幸的话，许能再见陆游最后一面，便此生无求。她知道那是虚妄，却仍抱希冀。若得再见，此后岁月，便任它缓缓流淌，慢慢磨灭，不管不顾。她坐在妆台，望着菱花镜里的憔悴佳人，不由滴下泪来。

6

沈园就在眼前，唐琬迎着恻恻轻寒，凝视着牌匾上"沈氏园"三个大字。她绣履迟疑，进退难定。她抱着同陆游再次邂逅的一线希冀，欲游此园，又生怕希冀跌落，纤弱身躯不堪其重。侍女提醒之下，她方才迈开细步，孤注一掷地朝前走去。

久已未至沈园，陡觉生疏。唐琬撇开侍女，独步园中。沈园依旧美如梦境：亭榭廊楼错落层叠，丛树芳草如碧，繁花着锦般点缀着每一角落。越明媚的风物，越易使其心有所触。唐琬在花径里徘徊着，黯然着，不由叹喟：我是没有春天了。离开他的那天，她的春天，便死了。

唐琬斜倚在杨柳下的大石上，似一漂泊孤女，倚于船头，阳光灿烂闪耀，将她的身影镀上一层金芒。她是那么美，忧愁的美。她似知道，又似不知，便更美得出奇。

她不经意转过头，欲避开刺眼的阳光，无意间看到赫然题写于粉壁之上那阕《钗头凤》。一时间，她像被人牵引着，缓缓起身，挪动脚步……那熟悉得不能再熟悉的字迹，一一扑入眼帘。她低吟着每个字，吟到"东风恶，欢情薄，一杯愁绪，几年离索。错！错！错"，已柔肠寸断，及至"桃花落，闲池阁，山盟虽在，锦书难托。莫！莫！莫"，哽咽几至无声。

原来他也那般难过，为她。

流水落花般逝去的好时光，再回不来了。赵士程对她是很好的，她不嫌恶他，亦无资格嫌恶。只是曾经沧海，在她心间，只容得下陆游的身影。她试图忘却他，和赵士程重新开始，从此远离痛苦，却无可奈何。如今看到这阕《钗头凤》，更使她觉得整个天空，整个春天，都变得黯淡无色。她好容易才平复下来。

不觉天已向晚，凉意渐浓，她缓缓转身，试图卸下痛楚的重茧，喘一喘气。她知道，他们已不能再相见，这一世，这个故事，就这样完了。她只能在心底默默想念着他，暮暮朝朝。

侍女走上前，挽住她衣袖，触碰到那冰凉的手臂，只觉像刚从雨塘捞出的一段藕。这园子本就宽阔，此刻更显其大，似乎永远都走不出去。她的每一步，都艰难至极。暮色愈沉，沈园被苍郁的雾霭紧锁着。她忍不住回首，再看一看那粉壁，眼角温热的一滴泪，是她最后的热情，也是最后的悲伤。

沈园，唐琬终生不会再踏足了，它将永在她心里枯了又荣，荣了再枯，她将永远在心中的沈园里等他。

7

赵士程觉得爱妻愈加沉默，她曾对他流露的那线欢悦之光，已然熄灭。他想尽一切法子使她快乐，她只微笑婉拒，终日不离绣阁寸步。

唐婉不忍丈夫难过，他在时，她便安安静静做针线，偶尔，亦和他闲话几句。但他感觉得到她的勉强及惆怅。为了不使两人陷入莫名尴尬，尤其不想使她难堪，赵士程只好刻意给爱妻留一点独处空间。

赵士程不在，唐婉便不由自主拿出陆游的诗集展读。

但她念念于心的，还是那阕《钗头凤》。那完全因她而作，是他们残缘的真实写照。妆匣里还放着那支凤钗，自离开陆家，她便不曾簪过。既是情缘已断，原该弃掷，却不舍得。毕竟，这支凤钗，是她和他唯一的联结，觑见它，就如他在眼前。茫茫岁月里，没这点依赖，她将不知何以度日。

那个午后，暮春的日色，懒懒相照，浓郁的花气带着腐朽之味，隐隐弥散。她反复吟哦着《钗头凤》，不觉提笔，写于素笺之上。往事宛似落絮，飘拂而降。她是有怨的，她始终想不明白，不知怎的，便生生离开了他，无缘无故另嫁他人。简直是个被戏弄的迷梦。然而她知道，这一切不是梦，他们已不得相守。多年来，她试图去接受这一事实，却终究不能。有时，她亦埋怨陆游，既是爱她，为何轻易放手？她不过弱质女子，他到底是须眉男儿，若他执意不从，年深月久，他母亲兴许就接纳她了。即便不接纳，至少，他们还在一起。她怨他，亦怨自己。

如今，一切都迟了，他们回不去了。因这阕《钗头凤》，所有被她挤压下去的情绪，再次翻涌而出。他还爱着她，她也爱他，她不想骗自己了。这般不甘的日子，只有痛苦，连带赵士程亦痛苦，这对他不公平。

天色渐晚，抬眼望去，满眼暮色，不知何时竟起了风，风里掺杂着湿雨，萧瑟至极。这是春之秋呀！侍女进来为唐婉披上纱缕，知道女主人需要独处，奉上一盏暖茶，便退下。沉浸于暮色与往事中的唐婉，竟浑然不觉，肩头的纱缕，兀自滑落。她想提笔写点什么，又无从着笔，只有串串叹息，坠落素笺。

庭院里，风雨交织，寒意料峭。唐婉目光迷离地望向窗外，发觉廊前那丛娇红的海棠，不知何时已被摧残于地，像满地红泪。她不顾一切奔到栏前，俯身去探看那无从挽救的花儿。

"这些花儿，就这般就凋残了吗？！"

"为何，我不能及时搬开它们呢？"

"我不过只思想自己伤心事罢了，并未真为它们着想！"

"无论如何，花已凋落，总归是为时已晚矣！"唐婉低语着，像是对着自己，也像是对着命运。

不知过了多久，侍女才发觉女主人竟迎风伫立在廊下，急忙忙跑过去挽住唐婉的翠袖，劝其回身绣阁。

唐婉不置一言，只是摇头，耳坠在昏暗残光中动荡着，幽寒的光泽，像盏灯，就要熄灭。

8

那个长夜，唐琬彻底失眠。她的身体越发孱弱，水米无进，药亦懒吃，赵士程百般劝解，仍是无用。侍女的话，她更听不进。赵士程近来公务繁忙，但每日皆要下人探问数次爱妻的情状。

灯影里，侍女又点起一炉素香，为唐琬换上一盏新茶。唐琬仿若无觉，只恹恹斜卧在榻上。室内淡香缭绕，窗外风雨肆虐。唐琬披衣起身，怯怯来到案前，倾听窗外风雨的喧嚣。她在想，李清照那句"应是绿肥红瘦"，是因"雨疏风骤"，现在，风骤雨亦骤，不待天晓，万叶万花早已一扫而净了，是应换作"红瘦绿亦瘦"了吧？！

她知道，她华年里没了陆游，便没了爱情，没了爱情的华年，便是死的华年。就像这风雨中的万般繁华，一瞬零落。她的手，像被施了巫术，不自觉拈起笔管，缓缓坐下，轻轻悲咽，信笔于素笺上，和了一阕《钗头凤》，是她以整个生命，对他，对这世界惆怅的应和：

世情薄，人情恶，
雨送黄昏花易落。
晓风干，泪痕残。
欲笺心事，独语斜阑。

难！难！难！

人成各，今非昨，
病魂常似秋千索。
角声寒，夜阑珊。
怕人寻问，咽泪装欢。
瞒！瞒！瞒！

『释义』

世情轻薄似纸，人情虚伪险恶。这般世界，我是不堪承受的。黄昏，一场风雨相摧，花儿纷纷零落。一夜无眠，不觉，天色将晓，晨风吹干残雨，却吹不干我脸上的泪痕。想记下此时的心事，又觉心绪如澜，难写难叙，只好独倚斜杆，叹息世道艰难。你已是你，我已是我，两不相干，不似昔时两相厮守。我的心魂，犹如秋千索般荡动不宁，牵挂着你，又知道，那牵挂，不过徒劳。画角声，尽是侵人寒意，夜将尽，士程就要回转，怕他问我何以至此，只好强忍心底忧思，佯作欢颜。是瞒他，亦是瞒己。

风雨止息，鱼肚白爬上窗纸，唐琬放下笔，拿起素笺，看自己所填的《钗头凤》，又是一串眼泪，沉沉地砸落笺上，洇湿娟秀的字句。侍女扶她回绣帐歇息。夜将尽，心力交瘁的女子，却不能挨过这残薄暗光。

9

唐琬的生命，再也走不出这春天的终点。

看着绣榻上气若悬丝、眸光褪尽的爱妻，赵士程悲不自抑，不能相信，她从此将从他世界里消失。他知道是什么消磨了她生命的热情，他不怪她，只替她不值。再爱一个人，亦不必这般轻待自己的生命。他为不能把她从那段失落的爱情里拯救出来，自责不已。时至今日，什么都晚了。

唐琬挣扎着，一颗晶莹的泪珠儿，滑过她清瘦的脸颊。赵士程边掉眼泪，边为她拭泪。她虚弱地望着他，嘴唇颤抖，却发不出声来，似有一抹歉意，隐约在她干涩的神情间。她对不住赵士程为她所做的一切。他是她唯一对不住的人。也许，一开始便嫁给他，便好了，为何偏是陆游。

赵士程眼睁睁看着爱妻，从他怀中枯萎。弥留之际，她可能还想到了那个最让她欢悦，也最让她伤感之人的身影。她没有痛苦和不舍，现实那般残酷，她全然无力应对。她只带着满腔憾恨和纠缠，在这春日迟迟的午后，飘然绝去。她脸上堆着奇异表情，眼角含泪，唇角却挂着丝微的笑痕。

赵士程屏退所有人，一个人，从沉沉午后，至氤氲暮色，再至幽幽永夜，只是握着唐琬的手，仿佛那双手，从天地鸿蒙便握着，到此时，再到时间尽头。他被沉默包裹起来，变成一尊塑像，箍着痛楚的塑像。他知道自己一直爱这女子，不承想，竟到这地步。他几乎欲和她同去。他觉得他已死去，铺天盖地的大夜，便是他们共宿的坟茔。

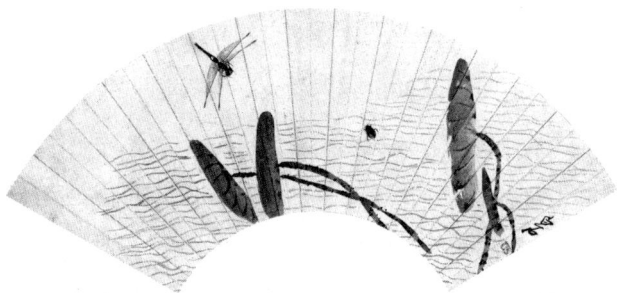

赵士程品貌风流，又贵为宗室，对唐琬的倾情并不下于陆游。他深悉唐琬不喜热闹，她的后事，他便安静地进行，不惊动任何人。于他而言，她不过睡着了，不愿再醒。她的墓畔，是他余生常往之地。他几乎日日去她的墓畔探看，为她驱除寂寥，向她倾诉一直未说的心事。直到老死，赵士程始终未再娶。

至于陆游，他得知唐琬的死讯太迟，整个后半生都在试着接受。不能想象，她竟绝他而去，把他和这世界撇于身后，悄无声息，永永远远。这是他此生最大的噩梦。后来他看到唐琬那阕《钗头凤》，更是痛不欲生，无法排遣的恼悔，紧紧将他攫住。他始终不敢到她的墓畔凭吊，他知道，一到那里，便无法再自欺，这些年他心里星星点点的希冀便都要熄灭。

幸而还有沈园，他们最后相见的旧地。他对她的记忆，都定格在那里，定格在她在他面前出现的刹那。那个瞬间，她美丽，忧伤，鲜活，是他生命里最生动也最哀戚的画面。他知道，他用尽一生也无法忘记那张清婉哀愁的脸孔。

10

晚年的陆游，厌倦了尔虞我诈的官场，思归故里。沈园成了他时常探访之地。

那一次，他以衰迈之躯，再次步入沈园。多少年过去，几经变迁，数度荣枯，沈园却屹立未改，一切如当初，美如琉璃梦境。霎时，陆游忘记自身的龙钟不堪，忘记其间流走的万千日月，他还是那个年轻却为情所伤的江南才子，眼前伫立的，正是他日夜思想的唐婉。已然七十一岁的老者，游园归来，以《沈园》为题，作二绝，寄慨：

城上斜阳画角哀，沈园非复旧池台。
伤心桥下春波绿，曾是惊鸿照影来。

梦断香消四十年，沈园柳老不吹绵。
此身行作稽山土，犹吊遗踪一潸然。

『 释义 』

天已黄昏，悲凉的画角声，自城楼隐约传来。亭榭楼台，湖山池沼，乍看，宛如昔时，细看，已有岁月之痕。最使我伤心的，是拱桥下潺潺绿波之上，只有我衰迈的身影，兀自寂寥，她那惊鸿般美丽姿影，却无从寻觅。

四十年了，你的消逝，已那般遥远。宫墙柳，亦老朽不堪，春风都吹不起一丝柳绵。我亦如老柳，带着满身的疲惫和无奈，旧地重临。我已去日苦多，犹难对你忘情，每至此地，便老泪潸然。

其年十二月二日，陆游又到沈园。行前，他不禁止步。造访沈园愈频，他对唐琬的思念便愈深，痛苦愈烈。他竭力按捺住步子，终于未成行。长夜飘落之时，他却于梦中重抵沈园，再次被觅而无果的孤独啃噬。惘然中醒转，他在情难自禁之下，写下《十二月二日夜梦游沈氏园亭》二绝，志梦：

路近城南已怕行，沈家园里更伤情。
香穿客袖梅花在，绿蘸寺桥春水生。

城南小陌又逢春，只见梅花不见人。
玉骨久成泉下土，墨痕犹锁壁间尘。

『释义』

梦里，不知不觉又来到了城南，几无勇气前行，更何况是旁边的沈园，那里能予我安慰，又使我伤情。梅香沾染我的衣袖，桥下已春水如碧。但这清幽美妙的良辰好景，没有你相伴，亦是枉然。

城南的小路上梅花已盛放，只是不见如梅花般的你，方想到，你已永去，玉骨成尘。看到粉壁上那阕《钗头凤》，才恍悟，我们的情缘，已被尘封在岁月深处。

八十四岁那年，陆游依旧情恨难遣，又作《春游》：

沈家园里花如锦，半是当年识放翁。
也信美人终作土，不堪幽梦太匆匆。

『释义』

沈园花开似锦，多半都为旧识。此时，我方信，你已化作尘土。想于梦中与你相见，梦却匆匆消逝，醒来后的忧思，最是使人难耐。

嘉定二年十二月二十九日，八十五岁的陆游，虽远离庙堂，仍怀国恨，写下绝笔《示儿》：

死去元知万事空，但悲不见九州同。

王师北定中原日，家祭无忘告乃翁。

『 释义 』

我知道，死去一切便成空，却仍系念九州的统一。儿呀，王师若收复北地，家祭之时，定告知我一声。

枯干的手指，丢开笔，一生两恨的陆游，走完了生命的最后一程。烟霭中，陡变为一壮健男子，衣履倜傥，纵马疾驰，奔向另一世界，前赴一个清美的约会。

尾声

陆游的弃世，终结了这如孤凤般华美又凄凉的故事。那是个无比漫长的夜晚，一支凤钗，闪着夺目光芒，珠颗串成的流苏，尾端那粒珠子，最大，最圆，最亮，也最哀怨，像滴悲绝的清泪，震颤不已。

层层密密的雨落下，晕染南宋这半页残史……

晏几道：

犹恐相逢是梦中

1

那时的大宋，是绢黄色的，它有一种陈旧的繁华，像一段说了又说的往事，说着说着，就微笑了，说着说着，就掉下眼泪，眼泪变成珠子，缀在衣袖上，那是大地上的斑斑星辰。

晏几道的故事，是需要在一个明净轻倩的清晨去听的。

2

晏几道的一生，或许是一开始太轻盈的缘故吧，轻盈得几乎浮飘在半空，彩云拥簇，霞光包揽，所以到后来，就有了较为沉重的坠落，也就有了更绵长不息的怅楚。

晏几道的父亲，是那时的"太平宰相"晏殊。晏殊是一个神奇人物，有一段浩浩荡荡、羡煞世人的生命史。他从小就被视为神童，也确实是神童，十三四岁就被赐同进士出身，命为秘书省正字，而后，一路擢升，中间只有不多的几次弹劾，大部分时间皆为朝廷信赖，并委以重任。

晏几道出生时，晏殊已坐享繁华四十余载。那是他一生的鼎盛时期，官运亨通，文名显赫，朝野上下泰半都是他的拥护者。到了庆历三年，也就是晏几道五岁之时，晏殊被任命为宰相，权力达到顶峰。

晏几道的童年，就是在官声和文名同样昭彰的相府度过的。那真是个寸寸绮罗、寸寸诗香的童年。

相较于官声，晏殊的文名要更为煊赫些，尤以小词享盛名。他的小词，是闲闲淡淡的富贵，清清爽爽的风致，是晚唐五代花间派的响应，却要收敛得多，也素净得多。像是"海棠开后晓寒轻，柳絮飞时春睡重""长于春梦几多时，散似秋云无觅处"，还有"此别要知须强饮，雪残风细长亭""满目山河空念远，落花风雨更伤春"，无不清婉佳妙，如颗颗珠玉沉落。

晏家府邸常常高轩盈道，嘉朋满座。欧阳修、范仲淹、王安石、富弼，这些当时的鸿儒，都是座上常客。因为政见容易相左，实难畅谈，唯有诗文最能引人逸兴，到晏府做客，也就等同于到晏府把酒论文之意了。

这天，晏府复又大宴宾客。

晏殊拿着晏几道新写的诗篇，看了又看，难抑心底的自豪，提议小七将作品呈给在座的世伯世兄们一看。

晏几道，行七，又是晏殊暮子，很得晏殊溺宠，被唤作"小七"。晏殊虽说儿女众多，却没有几个文才使他满意，晏几道早慧且出众的文才，结结实实地弥补了他的遗憾。看到儿子的诗越写越好，晏殊怎能不激动万分，想在良朋故交跟前炫耀一番？

晏夫人怕儿子见不惯那样的场面，一个小小孩童，在大人堆里多少会露怯，又怕他到时出乖露丑，给身为一朝之相的晏殊丢脸。晏殊听闻夫人的担忧，就给她一字一句地解释了这首诗，夫人这才明白儿子确实写得不错，放下心来。

晏几道虽然生性沉默少言，但诗作能得到父亲的赞赏，心里不无得意。父亲可是大诗人，他读过不少父亲的诗作，深为折服，崇拜至极，能被父亲认可，并非易事。既然父亲要他参加宴会，自有其道理，他听从就是。

不一会儿，家人报说，宾客们都已到齐。晏几道就这样被父亲拉着，来到宾客中间。小小的晏几道，站在华堂之中，那些宾客多数都已见过，却并不熟悉，他多少有些怯意。但是，既已站在这里，就不能后退了，他按捺一番情绪，也便镇定下来，将自己的诗作向众人呈现……

那日，晏几道的诗作果然得到了众人交口称赏。作为诗人的晏几道，也就自此揭开了序幕。

3

晏殊对子女的管束是严格的。对晏几道宠之愈深，期待便更殷切，对其管束，更是如此。所以，晏几道很少出门。他的生活，都是在相府度过的。那完全是摒绝了忧愁的密闭生活。每天都被锦衣玉食供养着，所有的人都对他护惜有加，在这个硕大无朋又华美绝伦的空间里，他没有丝毫生活的烦恼。

作为天才诗人，他的烦恼，或许就是没有烦恼。

晏几道每天最享受的时光，就是类似于烦恼的淡淡忧愁来临之时。往往是，他一个人在姹紫嫣红的花园里或徘徊，或凝仁，看着那梦境一般繁华的奇花异草，他就会情不自禁地想到，它们终有凋落的一天，这会让他感到无尽的失落。而这失落，恰恰是他需索的。

晏府的繁华，是一成不变的，只有这花园里的花花草草，应节而荣，随序而枯。只有它们，能够告诉他生命的真相：繁极必衰，枯后重茂。

他也奇怪，只有这些忧愁袭上心头时，他才能感觉到真实的快乐。除此之外的一切，似乎都是虚无的空中楼阁。多年后他才明白，并不是他"为赋新词强作愁"，而是最初的那些忧愁，让他更真实地接近了人生的本质，人生的完整。

晏府的宴会，一个又一个地开下去，走马更迭。晏几道的诗句，一次又一次地得到褒扬，并被流传出去。这位足不出户的贵介公子并不知道，他的文名已经广布汴梁。在很多人心中，他是神秘的，高贵的，更是天赋异禀的。晏几道，成了京城的传说之一。

那天，晏几道正在花园的亭榭里凭栏临风，望云沉吟，一个小鬟匆匆赶来，嘱他速回厅堂，宫里来人了。晏几道也不多问，就跟着小鬟回至堂来。但见一众家人都已跪拜于地，只等他一人了。

原来，皇帝也闻知了晏几道的文名，并且看了他的几首诗，甚为惊叹，就想召之一见，看看这晏家公子，是否果如传说的那样谪仙落凡，天纵才情。

这样的事并不多见，本应高兴才是，晏殊却高兴不起来。他虽深信晏几道的诗才完全可以赢得君王的赞赏，但他更明白，皇帝的一喜一怒都是难以测度的。一不小心，性命堪忧。晏几道说到底还是个孩子，而且一直都囿于门户，外面的风云变幻，险象环生，他何曾知道？万一有个闪失，触犯龙威，结果不堪设想。

然而圣意难违，也只有接旨了。晏殊把该交代的都交代好，让晏几道处处留心，不出诳语妄语，唯此而已矣。

结果晏几道在仁宗跟前却出奇地镇静，和仁宗有问有答，相见甚欢。仁宗很高兴，大大地对晏几道称赏一番，也不忘褒奖晏殊教子有方。侍立一旁的晏殊得获圣誉，自是快慰。而对晏几道来说，自此就更是声名远扬了。

4

时间的步履，把孩童的身子拉长，把老者的身子压弯，它依旧疾速行走，毫不停留。

几年后，当晏几道出落成一个翩翩佳公子时，晏殊却猝然弃世而去。一颗兼跨大宋政坛和文坛的巨星，无声无息地陨落了。那个夜晚，沉静的沧海在苍茫的月华之下，翻卷起幽蓝的波澜，久久不歇。

晏殊的离去，固是大宋巨损，之于晏家，更是宛如梁折屋摧，有着根本性的冲击。彼时，晏几道不过十七岁，对他的影响就更大了。兄弟姊妹虽众，到底还是要各过各的日子。晏几道和兄长年纪相差太大，兴趣爱好也少有交集，因此，他变得更孤独了。

从某种意义上来说，晏殊的离去，使晏几道失去了知音。晏几道对词的兴趣以及填词的技巧和风格，无不受到晏殊的影响。晏几道的词，几乎是从晏殊词的风致中衍化而出的，只是到后来，他自己独特的格调越发显耀，才和晏殊词区别开来。晏殊之词，富贵娴静，有大家风范；晏几道之词，清丽悠远，别成一调，把一个"情"字，描刻进了骨子里。晏殊既是晏几道生身之父，也是其在文学上的老师和知音。晏几道的悲痛，自是彻于肺腑。这应是他十数年来，遭逢的最大不幸了。他第一次确确凿凿地，跌落在现实的坚硬上。

　　晏几道很久没有到园里去了，更不敢从父亲的书房门口经过。他只是一个人待在房里，连窗子都很少打开，除了读书，就是写诗填词，以此遣怀。夜深人静之时，他无法抑制对父亲的怀念，就拿出父亲的词集来看。那些词，写得实在是好。父亲虽然不在了，这些词却记载了他某时某刻的感思与情绪。

　　昏昏烛光下，晏几道反复低吟着父亲那句"一向年光有限身，等闲离别易销魂"，不禁掉下泪来，他仿佛看到父亲在自己眼前拈髭吟哦，那是对时光无情，对天地不仁而个人无能的深深感喟。现在，父亲的"有限身"已和他永诀了。又吟到"昨夜西风凋碧树，独上高楼，望尽天涯路"，晏几道长长地叹了口气，他感觉到人生的荒凉，那浓密的荒凉，像一重重的帘幕，遮住了他的心，使他透不过气来。他要把词写下去，一直写，像父亲一样，把一生的感思情愫，都存寄其间。

　　父亲走了，再也没人可以管束他，他可以随时走到外边的世界里去。那是个过分开阔和繁华迷眼的世界。他认识了不少人，但是，并不轻易深交。只有偶然相识的沈廉叔和陈君龙，被他视作知交。沈、陈二人都不是高官显宦子弟，但和晏几道的志趣很是相契。他们都对仕途没有太大兴趣，都是身缠才情，热衷逍遥，雅好诗词之人。

　　晏几道常到沈、陈两府遣度光阴，三人几乎天天都待在一块儿。他们不用为生计忧愁，可以尽享诗酒歌舞所带来的快乐。墙外的宦海沉浮，纷纭争逐，他们是不要管的。相较童年，事实上这段时光才是晏几道的至乐时光。从前，还是懵懂的，那些繁华，也是单调的繁华；现在，他知道该怎样去体会繁华的滋味了。当然，更重要的是，晏几道的生命，开始和爱情相遇了。

这天，沈廉叔说他新买得一个歌女，委实色艺双绝。在座的晏几道和陈君龙一听之下，都很想一睹其芳姿。沈廉叔就把那歌女传召至筵前。不一会儿，只见一个红衣女子袅袅婷婷而来，粉脸如花，绿鬓似云，仿佛是从画中走出来的人儿。晏几道从小在妇人丛中长大，说得上是阅姝无数。可像这般清新脱俗的女子，还是头遭得见。

那歌女随着檀板节拍，缓缓唱起一支小调，腰肢轻摆，衣袖曼回。晏几道看得呆了，也听得呆了，已到唇边的酒，也忘了去饮。沈、陈二人见晏几道这模样，不禁拊掌大笑。晏几道意识到自己的失态，不觉赧颜。

红衣女子唱完曲子，只是站在那儿，眼里仿佛有些不经意的畏怯。

晏几道会意，连忙起身，而后，复又坐下，望着那女子说："你唱得很好，舞也很好。他们笑的不是这些。你且放下心来。"

那女子听得此话，方始心安。

晏几道回头问沈廉叔，其为何名。沈廉叔就说了一个甚是俗滥的名字。晏几道叹了口气，就说："沈兄若不介意，小弟倒有佳名，赠予这位姑娘。"

沈廉叔笑说："哪里，哪里！贤弟送以何名呢？"

晏几道顿了顿，说："无如'小莲'为妙。"

那女子听到"小莲"二字，不由觑了晏几道一眼，即又含笑垂眉低首起来。沈廉叔和陈君龙不约而同地朗然称赏："好名，好名，甚合其人，甚合其人！"

自此，红衣女子就被呼作"小莲"。这朵莲花也就一直烙在了晏几道的心上，无时或忘。

后来，沈廉叔家道衰落，小莲天涯流离，晏几道每一想起小莲，就不由伤楚凄恻。个中情思，正如那首《长相思》所吟唱的：

长相思，长相思。

若问相思甚了期，

除非相见时。

长相思，长相思。

欲把相思说似谁，

浅情人不知。

『 释义 』

长久的相思啊，长久的相思。若问这相思何时是尽头，除非是在相见之时。

长久的相思啊，长久的相思。这相思之情能说给谁人听呢？薄情寡义的人是不能体会的。

那种刻进骨子里，不随时光流逝而泯灭的相思，是不能为外人道的。在那些薄情，甚至无情者眼中，也许只觉这样的耽于相思，不仅痴狂，而且愚癫。至于，被相思绑缚之人的无可奈何，也只有自己懂得了。到底，这世上还是深情者寡，浅情者众。

5

晏几道是胸无城府之人，一切的喜怒都毫不遮掩，尽数写在脸上。

他喜欢小莲，这点心思，沈廉叔和陈君龙，还有小莲自己，都是知情的。几乎每次筵席，晏几道都要小莲在场，仿佛没有她，那个筵席就是没有生趣的。他本是个沉默寡言之人，但是在沈、陈这样的至交跟前，又是个任性的孩子，不仅谈锋甚健，亦且妙语如珠，常常是座中焦点。而小莲一出现，他就成了哑巴，只是屏气敛息，身心俱醉，望着小莲那翩然如蝶恋花枝的身影，听着那婉转如出谷之莺的歌喉，他觉得小莲是天生的歌者，但凡一支曲子，别人唱的，只及那曲子的三分五分，她一开口，就能及得七分八分。小莲的歌声在晏几道看来，完全是一个又一个的梦境。小莲是把他带进梦里的仙使。好歌太短，好梦太促，晏几道总觉得还没来得及细听，没来得及在那梦里足够驻留，就歌尽梦断了。这时候，他就忍不住长长叹息，惘然不胜。

"这样的好歌喉，真是可惜了。"有一次，在陈君龙家小聚，晏几道伫立在杏花满枝的树下感慨道。

"晏兄何以有此感叹？"陈君龙问道。

"小莲这样的歌喉，只有更清妙绝伦的歌词才配得上。可她唱的那些歌词，说句不中听的话，实乃粗俗不堪，是对其玷辱也。"

听了晏几道这番话，陈君龙和沈廉叔也都点头称是。他们皆知晏几道高情雅趣，大有诗才，小词也写得极好，只是写得太少，就劝说晏几道，若不嫌纡尊降贵，就填首小词，以供小莲咏唱。

晏几道听了，大笑，二话没说，便请陈君龙速取笔墨，即在这杏花烂漫当中，临场填就。

笔墨备好之后，晏几道只是转身去望那满眼云蒸霞蔚的杏花，霎时，便有了强烈的感思，心头涌动，挥毫而成一首《木兰花》：

秋千院落重帘幕，彩笔闲来题绣户。
墙头丹杏雨余花，门外绿杨风后絮。

朝云信断知何处？应作襄王春梦去。
紫骝认得旧游踪，嘶过画桥东畔路。

『释义』

庭院里秋千摆荡，帘幕低垂，闲暇时在华丽的门上挥笔题诗。墙里佳人是雨后杏花红，门外游子是风里飘絮白。

如今音讯断了，犹如流云飞逝，不知佳人身处何方？就让我做个襄王觅神女的好梦吧。紫骝马还认得旧时游玩的路线，嘶叫着跑过了画桥东边的路。

　　沈、陈二人看后，不觉感伤起来。他们无法想象，年纪轻轻、天真烂漫的晏几道，竟写出这样老于世情的小词来。这些惆怅，他们多多少少是有过的，一下子就被触动了。

　　小莲自然不懂这些，只是听了沈、陈二人的解释之后，也黯然神伤起来。她拿着写有小词的彩笺，一字一字地默记着，低吟着，不时偷眼去看正神情寥落的晏几道，泪水便沾湿了眼眶。她知道，这位晏公子，写的就是他自己，那女子，可能就是她。他们是不会在一起的，她也没有这个奢望，但她知道，他心里有她。她不敢让他知道，他也在她心里。毕竟，他是富家公子，她不过是个卑微的歌女。有一天，他们是不是会像诗中那样，再也无法相见？那时，她又会身在何方？

　　很快，小莲就能依拍吟唱了，那一字一顿，一声一扬的歌声，直把一缕缠缠绵绵却又无端中断的深情，给演绎得荡气回肠，动人心腑。直将一旁的晏几道听得双眼湿润。

6

　　后来，沈廉叔和陈君龙又置得几个歌女，沈家的小苹，陈家的小鸿、小云，则为其中佼佼者，几可与小莲媲美。除了小莲，晏几道对小苹，也颇为动情。自小苹出现于其眼前的一刹那，他就不能转开目光了。

　　小苹和小莲完全是两种类型的女子。相对于小莲的娇弱柔婉，小苹有一种梨花盛放的饱满明媚，以及燕子飞掠梅梢的轻灵动荡。小莲是属于月色的，小苹则属于金灿灿的日色。他一看到小苹，就忍不住微笑，那种从心间流泻而出的微笑。他想，她是他的酒，一盏暖意融融的解忧酒。

　　晏几道已把沈、陈两家当作了栖身之地。他的家，虽然华丽轩昂，却太寂寞了，寂寞得像一口井，深幽凄凉。沈家和陈家，更接近他理想中的家的模样，精致小巧，自在逍遥，欢歌笑语，良朋美姬，香花好月，如果可以，他真想在此终老。

　　他有时也想，这些美丽可喜的女子，他到底更喜欢谁多一些呢？或者说，同时对几个女子都有留情，是不是不应该呢？然而很快，他就使自己摆脱了这种苦恼。他是真的喜欢他们。他的心，是骗不了人的，骗不了自己的。他并不是花花公子，他只是对她们发自肺腑地喜欢和欣赏。她们是他恋慕的对象，是他的姊妹，是他灵感和快乐的源泉，她们是堆垛铺展在他单调而无所寄托的生活里的云霞。

　　小莲，是晏几道倾心恋慕的，她的一颦一笑，都能主宰他的喜怒哀乐。小苹，是他的知己，他总是把不愿对人诉说的话语，都一一向她倾诉，她总能给他至为妥帖的安抚。至于小鸿、小云，则是他的良伴，她们歌声流转，舞姿婉变，巧笑倩兮，是他每天的花香阵阵与光色缕缕。他离不开她们，也不想离开她们。她们的美丽和温柔，编织成一个个瑰丽的梦境，隔绝了他不愿踏入的凡尘俗世。

他为她们填写了很多小词，那些小词，无不清丽脱俗，情意缠绵。她们自是喜欢，同时，也以之为荣。有晏几道这样的贵公子专为她们填词，何其难得，更重要的是，那字里行间，诉尽了她们心底的欢悦及清愁。

这一时期，是晏几道小词创作的一个高峰，委实是佳作迭出。

《御街行》

街南绿树春饶絮，雪满游春路。

树头花艳杂娇云，树底人家朱户。

北楼闲上，疏帘高卷，直见南街树。

阑干倚尽犹慵去，几度黄昏雨。

晚春盘马踏青苔，曾傍绿荫深驻。

落花犹在，香屏空掩，人面知何处？

『 释义 』

街南的绿树已成荫，春天的柳絮开始飘飞，如雪般飘满游春的道路。树顶上鲜艳的花朵与天上的云彩交织，树荫下是人家的朱红门户。懒散地登上北楼，疏织的珠帘被高高地卷起，一眼就能看到遮挡心上人朱户的城南树。

把栏杆都倚遍了还不想离去，黄昏细雨都下了几场。记得暮春时她骑马踏过青苔，曾靠在树荫下停马驻足。昔日的落花今犹在，华美的屏风却已空掩，谁知桃花人面在何处？

曾经从他视线里走过，又揪扯住他心弦的人，难道只是一个幻影吗？惆怅只因种相思，相思种得难除得。

《虞美人》

曲阑干外天如水，昨夜还曾倚。

初将明月比佳期，长向月圆时候，望人归。

罗衣着破前香在，旧意谁教改。

一春离恨懒调弦，犹有两行闲泪，宝筝前。

『释义』

曲曲弯弯的回廊栏杆外，天色如水般清澈，昨夜我也曾在这里倚栏望月。人们都把明月比作佳期，我也时常盼望着月圆的时候，心上人能够归来。

罗衣破旧，香依旧，不知你心间的情意，是否也如我般依旧？只怕，我寄我心于君心，君心却寄他人心。春意阑珊，人亦懒，宝筝结满尘埃，无心弹奏，愁肠唯有借泪舒展。那泪水，似乎染湿了月明，染湿了要寄的信笺，也染湿了心里的那根，将断欲断之弦。

《蝶恋花》

醉别西楼醒不记，春梦秋云，聚散真容易。

斜月半窗还少睡，画屏闲展吴山翠。

衣上酒痕诗里字，点点行行，总是凄凉意。

红烛自怜无好计，夜寒空替人垂泪。

『释义』

醉中告别西楼，醒后全无记忆。人生的聚散实在太容易，犹如春梦秋云。斜月已低至半窗，我还是没法入睡，彩画屏风在烛光下闲闲地展示出吴山的青翠之色。

衣上有宴酒的痕迹，筵席上所赋的诗句，点点行行，总唤起一番凄凉意绪。红烛也无计消除我心中的悲凄，只能在寒夜里空替我流下伤心泪。

晏几道为这些小词而得意非凡，只是这样的得意，往往又引来莫名的怅惘。他虽不愿沾染尘埃，但尘埃总是公平的，无论贫富贵贱，它都要找上门来。晏几道隐约感到，这样的好日子不会长久。月不长圆，花不长艳，人，总是要离散的。

7

晏几道对仕途虽无大抱负，但并不意味着他甘心一直过着歌舞升平的生活。即使在最欢愉的时刻，他也清楚地知道，那样的日子终究是要结束的。天才诗人，往往对未知的人生有极强的预感，那预感，又往往指向被晦暗包裹着的悲剧。

晏几道是个一掷千金的主儿，他的资财，只有出的，没有进的。这些他一度看不上眼的资财，却正是他能够红尘筑梦的坚实依凭。他是有家室的人，还有一大家子要养活，这些年他完全忘记了，自己不再是那个可以永远不长大的少年公子了，因为，他不再是一无挂牵的了。彼时，晏殊留给他的家业，就要坐吃山空了。妻子虽然勤俭，也阻挡不住晏几道大手笔的挥霍消耗。

作为丈夫，作为父亲，作为一代名相晏殊的儿子，如今，晏几道要一步一步走向他极度抗拒却必须接受的现实。他必须让尘埃爬上他的履鞋和襟袍，必须离开沈廉叔和陈君龙的高深情谊，离开莲、苹、鸿、云带给他的无忧至乐。筵席总归要散的，他必须走出乐园了。

晏殊逝后，按照惯制，晏几道被恩补为一介小吏。这是没办法的事。当时朝廷想尽一切办法，要把政权紧紧抓在手里，原本可以荫补父职的制度，也进行了根本性的改易，以免权力无法收回。晏几道，也就不能一开始登上仕途就平步青云、傲视王侯了。他只能从华靡的巅峰给推到悠长的底层，和普通小吏一样，靠自己的能力和运道，逐层晋升，才得驱雾见日。

事实上，在早些时候，晏几道如果真想在仕途上有所作为，只要他肯张口，他完全可以很快得以升迁。因为那时晏殊刚刚故去，势力还在，经他奖掖过而置身高位者仍大有人在，包括他的几个兄长，还有姐夫，都是位高权重之人。无奈当时晏几道睥睨俗尘，懒得向他们张口请托，到后来，这些人或遭遇政治风波，被罗织罪名，贬谪外放，或渐渐和晏家疏远，不念旧情，就是晏几道有意请托，也不灵了。

当此之际，晏几道根本没有想到，他这样一个鄙视官场、不言政事之人，竟被卷入一股政治旋涡当中。

熙宁神宗七年，晏几道的至交之一——郑侠，因进献《流民图》，抨击王安石变法，被政敌吕惠卿等人诬陷治罪。

这个曾被王安石慧眼识珠、一手提拔起来的才士，发现了王安石变法明显的弊病，便向王安石直言劝阻。但正雄心勃勃、一心变法的王安石听不进这些。两人因政见不同，愈渐疏远。

从淳熙六年即始，大宋长期干旱不雨，庶民无以聊生。如此之况，各地方官吏依旧催迫灾民，上交青苗法所贷本息，灾民只得卖产以偿官钱。以致遍处赤地，流民络绎于途。耿介而心系生民疾苦的郑侠悲愤于胸。擅长丹青的他，于淳熙七年三月，将其耳闻目睹之实况，尽皆勾勒纸上，绘成慑人肺腑的《流民图》，并写就《论新法进流民图疏》，奏请朝廷，罢止新法。

神宗看毕《流民图》，大受震动，变法之心摇摆不定，随即下令，暂停追索青苗法、免役法，罢除方田法、保甲法。庶民欢呼，而主张变法者则遭受重挫。王安石自请去职，另一主张变法的吕惠卿继任相位。郑、吕二人展开了一场激烈的政治斗争。

就在吕党将郑侠交付御史台、搜检其家时，找到了一首晏几道写给郑侠的《与郑介夫》诗。诗虽简短，却透露出不少信息。它假景论世，把当时新旧党争的剧烈情势以及新党也就是变法派的得势，尽寓景语之中。从这首诗里，实际上也展露了更丰富的晏几道。他并非一个无视民生、只沉醉在一己小世界里的贵公子。他不经心这些，不等于一点都不了解，更不等于没有他的看法和立场。他和父亲晏殊是站在同一阵线上的，一向对激进的变法持以反对态度。所以，从小浸染儒家思想熏染的晏几道，骨子里还是对出仕抱有理想的，或许不那么强烈，但终归是有的。

因为这首小诗，晏几道被捕入狱。

宫锦般灿烂的欢悦世界，被浓郁的幽暗给挡在了外边。这段时光，即便很短，短得就跟他的那首小诗一样，但给晏几道带来的打击却是极大的。他没有想到，有一天，他也会为政事所伤，这让他一下子清醒过来，心里的那一点点理想也是不必有的。这不是他的世界，他不属于这里。然而他现在除了做官，再无别的谋生之法了。官场的崎岖，正恶狠狠地摆在他跟前，迎他上路。他又孤傲至极，放不下脸面去仰仗他人，不得不使自己走得那么辛苦。

神宗后来还是把晏几道放了。神宗一直欣赏晏几道的诗才，也念及其父晏殊曾为朝廷做出的功勋，小惩一番也就作罢。

　　从狱中走出的那刻，晏几道突然觉得自己老了。当初的少年意气，不知何时竟不翼而飞。他现在只想有一个可以谋生的职任，不争不抢，能够一家人安然度日就行了。人到中年己不知，繁华如梦已去时。不觉中，青春去他更远更远了。

8

　　晏几道像一个卒子，在他那漫长而无前程的仕路上，流离徘徊着，每天面对的，都是劳形的案牍、没有消歇的明斗暗争。为了生存，他不得不忍受这些。他最快乐的时光，是脱离这些营营役役的挤压和包缠，去和难得相聚的知己旧友买醉话旧；去填他的词，写他的诗，在那无声的字句里，真真切切地歌哭悲喜。

他常为年华不居而感叹，更为良朋易凋而悲忧。久不晤见的沈廉叔，缠绵病榻多时，大有日薄西山之势；而陈君龙竟已猝逝，简直是晴天霹雳。那些使他或痴心，或动心，或喜乐的女子，不幸也都流转他方，萍踪杳然。然而，这样的伤心事，尚无已时。不久，他的好友王肱也撒手尘寰，离他而去……那是晏几道极为煎熬的一个时期，他在无边无垠的秋风秋雨里苦困着。

幸而，和同是天涯沦落人的至交黄庭坚再次重逢，把他的日子从混浊的水中打捞上来。

晏几道和黄庭坚，年纪相若，都是名重当时的天才诗人，且两人皆是傲物厌俗之辈，自是十分投契。他们时常布衣素衫，于山间悠游、街市闲荡，或于僧房静话，或于歌楼聆曲……反正就是定要舒展开长久被俗世压皱、磨损的至情至性。

他们常去一处山寺的寂照房，尤其是风雨天。他们会自带食盒，到那隔绝尘嚣的斋室里度过短暂的谪仙时光。小小斋室，只有极为简洁的布置和陈设。两人在淡淡的沉香和茶烟中，一边畅怀纵谈，一边欣赏着小窗之外的风雨。窗外风雨琅，静室暖意长。只有这时，整个世界才是安静的。风雨的呼啸，驱退了俗世的喧闹，一切似乎都可以撒手不理不问，也不必伪装佯作了。

夜幕深沉，他们用过夜饭，燃亮灯烛，昏昏光影里，或棋枰轻敲，笑语如缕，或书卷闲展，拈须斟句。不知不觉，更深漏永了，两人便和衣共榻而眠。灯烛熄灭了，窗外的风雨声，依旧不衰，像是正在摆阵的满城甲兵，也像千山万壑层层木叶的纷落。

有一次，黄庭坚幽幽长叹一声，说想起他和晏几道还有王肱从前同来寂照房的情形。而今，王肱已经不在了。他们再也不能三人清谈，联句同欢了。一切都恍如隔世。

晏几道听之怅然，沉吟良久，不胜唏嘘。世事变换无定，谁也度不准，捉不住。能做的，就是徒然地顺从，徒然地踉跄前行。

一直以来，黄庭坚都颇为不解，晏几道系出名门，潜心六艺，玩思百家，持论甚高，却不被所遇，而沉于下位。这样风雨瓢泼又无限静谧的夜晚，他忍不住欲询其由。

晏几道笑了笑，答道，他只是不屑罢了。他不知这样的不屑，是不是能够一直持续下去。他谁也不想依靠和依赖，宁愿多遭摧折，也不想舍弃那由衷的不屑。官场只是他的谋生之地，仅此而已。

黄庭坚有些替好友可惜，却知无须多劝，否则，他就不是黄庭坚心中的晏小山了。

在黄庭坚心里，晏几道是个痴人。一痴，是仕途连蹇，而不依傍贵人之门；二痴，是论文自有其体，却不作可晋身阶之文；三痴，是资财耗尽，境况窘切，却仍不失赤子之心；四痴，是人百负之而不恨，却始终信赖别人，从不疑为人所欺。

黄庭坚把此话讲给晏几道听，说，这并不是他一人这样以为的，他们的朋友皆为此想。晏几道听了，不置可否地应了一声，便不言语了。他自己知道，他也不是一味洒如不羁的，他有他的挣扎和不得已。但是，他虽没有黄庭坚说的那样形如天仙化人，但黄庭坚口中的痴，他确实还是有几分的，这点痴，使他觉得他的活着还算是活着，不那么可耻。

9

晏几道一直在心中牵挂着小莲和小苹她们，期望着在某个时刻可以和她们重逢。哪怕仅仅一面，也够了。他想知道她们过得怎样。然而，这么长时间，她们都没有再出现过。她们像是只在梦里居住的仙子，一睁开眼睛，就难寻难觅。

一个秋凉如镜的日子，在一个刚结识的友人家筵上，晏几道竟然遇见了小苹，一时间，实是难以置信而又百感涌聚。他再三凝眸确认，那个已然朱颜不再的妇人，确是他常常梦魂里牵记的小苹。晏几道有些不安，有些酸涩，还有缓缓来袭的喜悦。他就那么站在一旁，眼望着已为歌女教习的小苹在忙碌，却不敢走近。那一刻，他是孤零的，那种孤零，架空了周遭一切的喧杂和华艳。他被旧时记忆框在一个封锁的维度里，那些以为已经死去的时光，都回来了，潮水一般，泼溅到眼底。

直到月沉更阑，笙歌停歇，他才走过去，走到那个青春梦里人的跟前，轻轻地，叫了声"小苹"。

那妇人听得这个多年未曾有人呼唤过的旧名，忍不住心头一颤，眼眶一热。她循着那陌生又稔熟的声音，转身望去，是他，是她一直念念心间的晏公子！他老了，可他那不世的风华，并未消退，只是多了一分红尘沾染的沧桑。小苹含泪回了声"晏公子"，晏几道伸过手来，握住她的手。

空荡荡的筵席上，只剩得他们二人。他们不知从何说起，却又于这无措中早已不自知地开始了句不成句、话不成话的叙谈。晏几道并不是喜欢自叹身世之人，也只是小苹问起什么，就答些什么。反倒是小苹，阔别以来这些年，她经历了无数生生死死的波折，才得以苟活下来，那许多无人倾听的心里话，急欲对重逢的故人说起。

说到沈廉叔缠绵病榻和陈君龙弥留之时的情形，小苹一度哽咽至无声，鬓上的珠花颤巍巍摇动着，像被凄风拂过的枝梢。晏几道太息复太息，也是无言。挚友逝去，也是一部分的自己死去了。他们都是青春美梦里不愿醒来的人，他们曾试图通过自己的不屑和傲岸，甚至盲目的奢靡，来推开俗世的强大吸盘，最终还是失败了。一个个，病的病，死的死，流离的流离。

更让晏几道伤心的是，从小苹那儿得知，那几个一直萦绕他心间的女子，竟然没有一个好收场。小云流落到维扬[1]，被一个公子哥儿看上，两人山盟海誓了一番，以为落籍有望，可为使君之

1　维扬：扬州的别称。

妇了。没想到，那公子哥儿不过是把小云当作玩物。小云不仅好梦落空，多年辛苦的积蓄也耗尽无遗，成了笑柄。歌也不唱了，人也不理了，傻傻痴痴的。后来，被鸨母逐出门外，便不知所终了。

至于晏几道最心心念念的小莲，早已魂断恨海，芳踪永沉。早先，小莲经过多次转手，做了一个大户的小妾。起始，那大户还对小莲甚是上心。其正室容不下小莲，时时处处使绊子，大户为了小莲甚至和正室大打出手。可时间一长，大户发觉小莲对他总是冰凉凉的，就疑心她心里有人，再加上正室从中挑唆，大户就渐渐对小莲冷淡了。后来，大户又有了新欢，就不再把病恹恹的小莲当人看待了。小莲失了势，就成了正室的出气筒，大户也不管了，她就再没了清净日子。一次被正室狠狠毒打之后，深夜里小莲竟索性自断生途了！红颜辞世去，缥缈归仙乡！

晏几道久久不语，苦泪纵横，他真是辜负了小莲，要是当初没有那么的无谓纠结，他就能够和她常伴左右了，她也不至于落得这样的收梢。他心里是一直有她的，在他心中，她如同一株挺秀清妍的红莲，在微风中散着芬芳，傲然无伦。而今，一切都晚了，东流之水已长逝，巨灵神力挽难回。

小苹用袖子替他拭泪，也早已泣不成声。兔死狐悲，唇亡齿寒，花落枝伤，星沉云孤。

那个夜晚，晏几道和小苹说了很多话，轻飘飘的话语，最后化作了一块块的石头，沉甸甸地压在他们心里，觉得脚步都无力挪移。月落了，灯残了，更深了，他们必须分别了。就像当初，不得不依依而散，萧萧自去。他们都觉得这个夜晚是不真实的，真如一梦。是美梦，也是惊梦，更是残梦，一切美景华筵都被时光的大火给烧掉了，只剩得这残留的令人心痛的灰烬。

归来之后，晏几道愁肠百转，便挥毫写下心间那绵绵的情思。

《临江仙》

梦后楼台高锁，酒醒帘幕低垂。

去年春恨却来时。落花人独立，微雨燕双飞。

记得小苹初见，两重心字罗衣。

琵琶弦上说相思。当时明月在，曾照彩云归。

『释义』

午夜梦回，楼台朱门紧锁，宿酒醒后，帘幕重重低垂。去年的春恨涌上心头时，人在落花纷飞中幽幽独立，燕子在微风细雨里双双飞翔。记得与小苹初次相见，身着两重心字香熏过的罗衣。琵琶轻弹委委倾诉着相思滋味。当时明月如今犹在，曾照着她彩云般的身影回归。

《鹧鸪天》

彩袖殷勤捧玉钟，当年拼却醉颜红。

舞低杨柳楼心月，歌尽桃花扇底风。

从别后，忆相逢，几回魂梦与君同。

今宵剩把银照，犹恐相逢是梦中。

『释义』

在那个仿佛永远都不会终局的盛宴上，把酒尽欢，笙歌曼舞，你挥舞彩袖手捧酒杯殷勤劝酒，我脸色泛红甘心醉倒。楼外杨柳梢头的月亮都要沉落了，舞者仍在曼舞；桃花扇底的风已消歇，歌者仍清歌婉转。

自从分别后，每刻我都在思念，都在记忆的包裹中度过。我只有在梦里去寻找你了。你是否也一样，在梦里把我追寻？原以为此生再不能相见，想不到竟然还有这样一个时刻，我和你几乎同时要去拿那盏灯烛，去照一照眼前之人，确认是否真的是对方，生怕这一切，只不过又是一个骗人的梦境。

10

神宗元丰五年，四十四岁的晏几道监管颍昌许田镇。时任颍昌知府的韩维，乃晏殊学生，也算晏几道的旧识。韩维生性耿介，本身也是诗人，晏几道对其印象一直还好。此时的晏几道还没有彻底对仕途灰心，他觉得，凭自己的诗才和对韩维的了解，韩维是会器重并擢升他的。于是，就把自己颇觉得意的新作，投献给韩维。

　　韩维年长晏几道廿余岁，当年在鼎盛的晏府见晏几道时，晏几道还是个稚童。在晏几道记忆中，当年华堂之上的韩维，轩昂不凡，洒然风流。现在，故人相见，当年的稚童已将老去，当年的风流才子已老态毕显，不道姓名，几乎是不敢相认的。岁月的感慨，不由自两人心间涌起。

　　只是韩维早不是当年的韩维了，一番感慨之后，也即回到久历官场之人惯有的漠然。他看了晏几道的词作，并不欣赏，且直言不讳地说："这两首词，老实说，老夫是不喜欢的。这样华饰繁杂，尽抒儿女浓情的小词，才华是有的，就是格调低了些。希望你不要把才华都耗在这些小词之上，多多用心政务才是。"冷着脸说完这些，还不忘补了句，"想必，你是不会辜负老夫这个'门下老吏'的这点期望吧？"晏几道的心一下子凉透了，连带还憋了一肚子气，却不能当面辩驳，找了个由头，很快就告辞了。

　　归来之后，晏几道想起自己心中那些偶然兴起的仕进之念，不禁自嘲地一笑。明知道世态炎凉，官场如霾，还去曲意逢迎。再斯文的逢迎，也是逢迎！他的诗词，是他心底唯一属于自己的领地，他却将之双手奉上，乞求别人笑纳！他不想再给自己幻想和借口，他终于明白，他应该彻底回到自己的孤岛上，那孤岛虽然冷清了些，到底是自在的，愉悦的。

　　从此以往，晏几道绝了仕进之念，安心做一个小吏。他把更多的心思，用在读书、写诗填词上，用在对这世间之美的感受与赞赏上。他穿着官吏的鞋子，走着天才艺术家幽暗而光亮的曲径。他的小词越写越好，自成一家，噪动当世，人称"小山体"。这些小词，用最华美又最洗练的字句，抒写心灵深处的浓密依恋和凄伤：无法重来的往昔慨叹；羁旅飘零的孤寂清怨；纯真无瑕却不能如愿的倾慕；难抑难止的妄念……世间种种感人肺腑的情愫，尽在其中。

晏几道当时并没有想到要把这些文绚音婉的小词积聚成册，是他的至交范纯仁一再催促，才终于删选落定，付梓流传的。晏殊的词集叫《珠玉词》，缘其篇章美如珠玉之意。晏几道的词集，他只用其表字"小山"来名之。《小山词》这部誉满天下的词集，于此而生，并一直传唱迄今。

他在《小山词》自序里，有一段话：

七月巳日，为高平公缀辑成编。追惟往昔过从饮酒之人，或坟木已长，或病不偶。考其篇中所记悲欢离合之事，如幻如电、如昨梦前尘，但能掩卷怃然，感光阴之易迁，叹境缘之无实也。

这是晏几道创作《小山词》的初衷，是他对自己一生历练的感触和顿悟，当然，也是他对人生本身的一种观照和体认。人生不过如是，大梦一场，醒即是空。所以，《小山词》其实是梦的雕塑，也是对梦的凭吊和悠悠慨叹。

接下来，晏几道的生命轨迹就无比简洁了。没有仕进之梦的小吏，一路无忧无扰地走来，后来又回到京城，做了开封府的推官，这算是晏几道级别较高的官衔了。此后，他就一直生活在此，居住在已经繁华落尽的旧宅里。

晏几道的晚年生活平静而单调，不过尚有两事，值得提起。

苏轼曾慕名想要拜见词名大盛的晏几道。黄庭坚位列"苏门四学士"之一，和苏轼感情甚好，苏轼便请黄庭坚从中引荐。据说，孤傲的晏几道，回之以"今政事堂中半吾家旧客，亦未暇见也"——完全不把大名鼎鼎的苏学士放在眼里。这样的话，多少有些刻薄且让人难堪，有待考证。若果真是晏几道的回话，实在有些莫名其妙。以苏轼当时的声名，晏几道不见也便不见了，没有必要讲这些有失身份的话。

另外就是，大观元年的重阳节和冬至，权势滔天的佞臣蔡京，遣人向年逾古稀的晏几道求取小词，意欲借之文名，为其增饰华彩。晏几道没有拒绝，却也没有让蔡京得逞。晏几道信手填得两首《鹧鸪天》。两首小词，无不点题，无不绝美，却并无丝毫迎合蔡京之意。这才是洒然不羁的晏几道应有之姿态：不生硬地拒绝，也绝不合作。

尾声

暮年的晏几道，一直生活在汴梁，这是他出生和成长之地。时间越来越多，就像遮天蔽日的飞絮。他还在作诗，填词，但已不是最好的，高峰已过，再高的山，也显矮小。只是创作已成为他的一种习惯。

他很少出门，几乎又回到其生命最初的模样，高墙之内，繁花之中，一个人在孤独里徘徊。不同的是，从前没有回忆，是强说愁；现在是，满当当的回忆，即便多数已模糊，也聊胜于无，所谓的愁，已是更真实的愁，都是过滤了的愁绪，可供他回味的愁绪，没有切肤痛楚。一切都过去了，都失重了。

晏几道喜欢黄昏，常常很晚才起床，慢慢悠悠磨蹭到傍晚时分，独自登楼，或是小园里静坐。那满天的霞裳和行将坠落的夕阳，总能带给他深深的触动和安慰。

在那辽阔的暮色中，他大概会有一种梦的错觉，牵动那些盘根错节在时间底层的记忆。父亲晏殊，沈廉叔、陈君龙；还有小莲、小苹、小鸿、小云；还有郑侠和、黄庭坚……他们都离开他了，又似乎一直都在他身边，似乎还看得到他们的身影，听得到他们的声音。他们是他这一生除了小词之外，最为留恋的了，是他生命里一颗颗不灭的星辰。

晏几道一生，并未经历太多起起落落，大悲大喜，有不幸，也有足够的幸运。他所体尝的人生况味，不淡，不浓，刚刚好，算是活过了。当然，他比更多人要幸运的是，他拥有一份难得的天才，也没有太辜负这份天才，留下《小山词》这样一部传世之作。

　　大观四年，老去的天才词客，七十二岁的晏几道，在一个美梦中，春衫翩翩，如踏彩云般，正赶赴一场笙歌靡丽的华筵，那个梦却再未醒转。他像一片纹理密细，却又素净不胜的叶片，轻轻悄悄，落之地上，又被大地紧抱怀中。只是，他的身影却要在一阕阕清妍绝俗的小词中，永远地年轻下去，像一只不死鸟，在一个个热爱《小山词》的读者心中，不息地飞翔，鸣啭……

张玉娘：

独此弦断无续期，梧桐叶上不胜悲

1

不是所有痴情，都终究成蝶。

张玉娘没那么幸运，她只一味往情之深处奔赴，不曾回头。即便不能假天之手，赋其羽裳，翩飞于碧天云影间，她仍甘心无悔。

这样的故事，是场梅雨，淋得人心也湿答答。

2

顺治八年，以传奇《娇红记》誉满剧坛的孟称舜，到浙江松阳任职训导。他向来以前明遗民自居，早将仕途看淡，把更多心思放于著作之上。每到一地，他都四处收集民俗逸闻。刚抵达松阳，他便对松阳三大异人有所耳闻。一为唐时天师叶法善；一为南宋词客叶梦得；一为宋季贞女张玉娘。

叶法善和叶梦得，他早已知之，张玉娘却是其平生初识。张玉娘其人其事，当时《松阳县志》并无详载，他只有遍访当地故老，并频频去书，询问其知交亲朋。张玉娘这个从所未见的名字，像个迷梦，萦绕其心。

最终，孟称舜将所有关涉张玉娘的遗闻一一载录梳理，不由替这位隔代女子叹惋久之。他未想到，纷纭世间，竟有这般才貌双绝、品性质直的女子。公务之余，孟称舜常到城郊枫林张玉娘墓畔凭吊。当他伫立在那荒凉的墓侧，总有不尽悲慨。他觉得，像张玉娘这样的风流人物，值得被文章家大书特书，更值得为后来者永久铭记。

3

公元1234年，仓促之下，金国统帅完颜承麟，接受了金哀宗"禅让"之帝位，是为金末帝。不久，蔡州陷落，金哀宗自绝，金末帝死于乱军中，曾灭北宋的金国，享国一百二十年，亦灭。此时的南宋，正是理宗端平初年。南宋与日渐壮大的蒙古联手灭金之后，曾立之盟约，即成废纸，南宋欲收回失之经年的汴京，南京和西京，出尔反尔的蒙古极力反对，出兵威侵南宋，此次交锋，以南宋败落并与蒙古约定和平协议告终。

翌年，胃口大开的蒙古再违前约，兵分三路，全面侵击南宋。自此，大宋之半壁山河，在蒙古的屡屡重创下摇摇欲坠，已为强弩之末。

理宗淳祐末年，浙江松阳，一户官宦人家，一对已将五旬的张氏夫妇，晚得一女，珍若拱璧。因其玉雪可人，其父张懋为之取名"玉娘"。出生的那个幽夜，满室灯烛，女婴的哭声却无比凄怆，似乎已穿过虚渺的光热，透视到窗外夜色的苍凉。

张懋之祖——张再兴，字舜臣，淳熙八年登第，仕为科院左迪功郎；其父张继烨，字光大，由贡元仕为登仕郎；张懋，字可翁，号龙岩野父，举孝行，仕为提举官。可谓诗书传家，世代无白丁。只是到了张懋这里，婚配已久，多年竟无一男半女，其每每想及，便殊为惆怅。其妻刘氏，贤惠体贴，数次劝他早纳姬妾，以延子息，张懋总因笃爱刘氏而断然拒绝。夫妇二人未料到，竟于暮年得女，自是喜极而泣，不胜欢欣。

玉娘像盏丽灯，驱尽整个张家大宅长年积聚的黯淡和清寂，一时间，张府盈满欢声笑语，明媚鲜艳无限。这样有光的日子，对张懋夫妇来说，是从未有过的。

张家无子，便将玉娘当作儿子娇养，从小叫她玉哥儿，准其穿戴男儿装，同男儿般聘师入塾，读书习字，以续书香。玉娘不仅清婉隽秀，亦蕙质兰心，过目成诵，举一反三。张懋得女如是，老怀大慰。

玉娘出生之时，张家的表亲沈元生亦得一子，取名沈佺。从时辰上来说，沈佺稍长于玉娘。沈夫人徐氏和张夫人刘氏向来关系亲密，形同姊妹，张沈两家门当户对，兼有通家之好，玉娘和沈佺又年貌相匹，两家便择得吉日，约定婚姻，以期来日这对天造地设的才子佳人可缔结良缘，亲上加亲。

好花开而复谢，谢而复开，不知不觉，玉娘已出落为亭亭玉立的少女，沈佺亦为彬彬有礼的少年。两家因时常走动，玉娘又自小被视作男儿，沈佺便得允准，到张家陪同玉娘读书玩耍。两人自小一处长大，性情异常相近，沈佺喜好的，玉娘便也喜好，玉娘厌憎的，沈佺自也厌憎。玉娘虽喜读《论语》《孟子》《孝经》《女诫》诸经典，被松阳有名望的老者称之为堪比班昭的"张大家"，但她却对历代诗词歌赋更感兴趣，尤慕李易安（李清照），自谓其私淑弟子。

《如梦令·戏和李易安》
门外车驰马骤。绣阁犹酿春酒。
顿觉翠衾寒，人在枕边如旧。
知否，知否？何事黄花俱瘦。

『释义』
门外车马络绎疾驰，我尚于绣阁，醉饮春天时酿制的薄酒。顿觉翠被生寒，百无聊赖的我，仍倚枕辗转。知道吗，知道吗，为何我和窗外秋菊，一般消瘦？

　　玉娘常和沈佺讲，李易安之所以为李易安，是因其诗词，既有女子的柔婉琐细，更有男子的豪迈不羁。故此，她不仅熟读李易安、蔡文姬、班婕妤这些女史们的华章，更熟读屈原、李白、苏轼这些雄放男儿的佳作。她虽身处闺阁，亦并非毫不关注庙堂民生。沈佺总说，若玉娘为男儿，定然出将入相，为国一腔血，为民一声吼！他最赞赏她那组"凯歌乐辞"，尤其：

　　《从军行》
　　三十遴骁勇，从军事北荒。
　　流星飞玉弹，宝剑落秋霜。
　　画角吹杨柳，金山险马当。
　　长驱空朔漠，驰捷报明王。

　　『释义』
　　三十岁的时候，他们便因骁勇善战，被遴选到北方荒蛮之地戍边。征战的生活艰辛而漫长，玉弹如流星般划过，宝剑锋利的寒光如落秋霜。在《折杨柳》的号角声中，他们死守马当要塞。他们策马于空阔的北漠，用一个个大捷，回报圣君！

　　《幽州胡马客歌》
　　幽州胡马客，莲剑寒锋清。
　　笑看华海静，怒振河山倾。

金鞍试风雪，千里一宵征。

韛底揪羽箭，弯弓新月明。

仰天坠雕鹄，回首贯长鲸。

慷慨激忠烈，许国一身轻。

愿系匈奴颈，狼烟夜不惊。

『释义』

幽州壮士骑胡马，身挟利剑凛似霜，骁勇的气势震慑山河。无畏风雪，策马前行，星夜兼程。从弓袋中拔出羽箭，将弓拉满犹如明月，仰天射落雕鹄，回首射杀长鲸。骁勇如他，慷慨激荡，一腔忠义，满胸刚烈，有志许国，此身为轻。愿系匈奴之颈，不惧长夜狼烟。

张玉娘和沈佺虽早早指为婚姻，实则形若兄妹，两小无猜，直到近日，二人情窦方开。

一次，沈佺归去之时，玉娘的侍女霜娥悄悄把玉娘亲手所制的紫香囊递与沈佺，不等他会过意，便已躲开。沈佺归家细看，才发现紫香囊上题有一首小诗：

珍重天孙剪紫霞，沉香羞认旧繁华。

纫兰独抱灵均操，不带春风儿女花。

『 **释义** 』

请你珍重地收下这只紫霞裁就、裹以沉香的小小香囊。不要那些儿女情长的春红，我只将像屈原般志节高洁的秋兰绣于香囊，寄我贞心。

沈佺不曾想，玉娘会这般大胆而赤诚地向自己表白，顿觉耳热心跳。玉娘在他心中，向来有女子之温婉柔静，亦有男子之耿介明快。他不曾说出的，她已替他说出，而且那般别致地见诸诗章。这小小香囊，便是他们爱的信物，看到它，便如同看到玉娘在他眼前款款伫立，神采照人。她的心，亦如他的心，她对他，贞洁一似秋兰，他对她，则情深宛同磐石。

4

玉娘和沈佺十五岁时，两家正式订下婚约。二人的心愿从此有真切的依托，自是欢喜，只盼光阴快些流转，早成眷属。

无奈世事难料，沈元生因故遭谴，宦途失意，沈家渐趋中落。张懋见沈家似无兴盛的转机，便无意将玉娘嫁与沈家，一是张家世代官宦，不愿与门第不当者结亲，有玷门楣；二是玉娘乃张家明珠珍宝，不忍其下嫁落魄子弟，沦落贫寒。

张家以"三代不嫁白衣婿"为由，向沈家悔婚。沈佺、玉娘得知此事，无不痛绝肝肠。悲痛之下，玉娘唯有以笔墨自诉愁怀。

《双燕离》
白杨花发春正美，黄鹄帘低垂。
燕子双去复双来，将雏成旧垒。
秋风忽夜起，相呼渡江水。

风高江浪危，拆散东西飞。
红径紫陌芳情断，朱户琼窗侣梦违。
憔悴卫佳人，年年愁独归。

『释义』
柳絮飘飞，春意浓媚，绣着黄鹄的帘子低垂。飞去的双燕，携雏归来，又返梁上旧巢。转瞬秋风起，它们彼此呼唤，欲渡寒江水。

骤风，巨浪，到底拆散了它们。又是春来春归时，紫陌红尘花尽落，梁上旧巢在，归燕却独飞。

玉娘还派霜娥给沈佺捎去一首乐府《川上女》，表其不渝之志：

《川上女》
川上女，行踽踽。
翠鬟湿轻云，冰肌清溽暑。
霞裾琼佩动春风，兰操茞心常似缕。
却恨征途轻薄儿，笑隔山花问妾期。
妾情清澈川中水，朝暮风波无改时。

『释义』
那位女子，踽踽独行于川畔。她绿鬟如云，冰肌清凉，彩衣翩飞，环佩摇曳，情志高洁似兰。只恨路遇轻薄子，隔着山花，笑着戏问她，何时嫁与他。她淡淡答，我心如川水，清澈无杂尘，便有风波作，此心洁不改。

沈家虽怨忿张家薄义，但家道中落亦为实情，也不忍玉娘嫁

来受苦，便只好作罢，一场良缘，就此落空。沈佺只恨自己无福
消受玉娘的温柔娴淑，徒叹奈何。玉娘却心有不甘，她不能眼睁
睁看着那一抹宝光，从她跟前这般无端而逝，她要奋身抓住。

玉娘到老父张懋面前，声泪俱下，长跪不起，直到捣头血
流，昏死过去，张懋于心不忍，才稍作让步，条件是：沈佺须得
向心仕进，金榜题名。

沈佺对当时腐败之朝政很是愤恨，其父又历尽宦海浮沉，
他早已决意远离仕途，宁如陶渊明般归田园居，在三径就荒、松
菊犹存的清境中淡泊一生。只是，他更希望有玉娘与之一起东篱
采菊，西隅望月，共度似水流年。此时，他不得不更改自己的志
向，重归仕进，为了玉娘，他觉得这都值得。

玉娘得悉沈佺转意仕进，又喜又叹，只要同沈佺相伴，她甘
于贫贱，如今他为她改其心志，使她不忍。为使沈佺全心备试，
玉娘暗自嘱托侍女将其私蓄转交沈佺，使他可在清幽无扰的延庆
寺租住，静心读书，以期一举得中。

数载苦读，沈佺要离开松阳，赴京备试了。玉娘为其在离亭
畔设帐饯别，离别依依，两人于帐中对饮，欲语还休。沈佺为宽
慰玉娘，故作镇定，面色含笑，劝她不必伤怀，他会入京苦读，
一举中第，早日归来。玉娘见他如此，便亦强抑泪水，只是颔
首。看玉娘低眉敛首，不胜凝愁的模样，沈佺也难忍离情，执住
她冰凉的手指，滴下男儿热泪。

沈佺离去之后，玉娘依依归来，写下《古别离》一首，即刻

封缄，要紫娥速速投寄。

把酒上河梁，送君灞陵道。

去去不复返，古道生秋草。

迢递山河长，缥缈音书杳。

愁结雨冥冥，情深天浩浩。

人云松菊荒，不言桃李好。

淡泊罗衣裳，容颜萎枯槁。

不见镜中人，愁向镜中老。

『释义』

桥畔为你饯别，这一去，不知何时才能回来，看着你于生满秋草的古道渐行渐远。自此，山长水阔，鱼沉雁杳，再难得你的音讯。我的深情，如浩浩青天，我的离愁，似冥冥夜雨。桃李虽好，我仍偏爱坚贞的松菊。我会身着素衫，淡扫蛾眉，为你守候，直至容颜憔悴。镜中的雪色，不是华发，是我老去的忧愁。

不待寄信的侍女离去，离愁满腔的玉娘，急忙叫住她，意犹未尽，又作一首《捣衣曲》，拆封，重缄：

入夜砧声满四娄，一天霜月秋云轻。

自煌岁岁衣裁就，欲寄无因到远人。

『 **释义** 』

秋月皎皎，秋云淡淡，捣衣之声，依旧不绝。年年制就寒衣，欲寄与远人，却找不到借口，不免使人心伤。

这是他们第一次真正的别离，沈佺旅途孤苦，自是绵绵不绝地想念着远在千里外的玉娘；玉娘虽有贴心的侍女以及善能人语的鹦鹉相伴，也无法剪断对远人的脉脉愁思，真真是"玲珑骰子安红豆，入骨相思知不知"。

5

为了他朝可与玉娘结成眷属，沈佺决定暂时抛却相思，全力备试。

彼时，京师临安，繁华至极，多少士子到得此地，难免为其诱惑所扰。沈佺却镇定异常，如置无人之境，一心读书。他唯独怕那月满中天之时，那泼洒于地的霜色，总会令他想起玉娘皎洁的面容。他恨不得快马加鞭，踏着苍茫霜色，星夜返归松阳，去紧握那双冰凉的素手，给她些微暖意。

沈佺每每想起元微之的《莺莺传》，就觉得他和书剑飘零的张君瑞遭遇相似，都是因良缘受阻，重立承诺，唯有中第，方可圆满。但他比张君瑞要幸运，他和玉娘有过太多共度的好光阴。玉娘是他这辈子唯一的眷属，不是她，就不行。在这个关键时刻，他铁了心要暂抛情思，竭尽心力，一举夺魁。

一个女子若对一个男子动了真情，那简直是可怕的。那真情会像一种重疾，钻进她每寸肌肤里。与心上人两地相隔，玉娘难以承受思念的煎熬，长日漫漫，那思念如此浓烈，凝重，将她压得喘不过气来。除了等待，她还可以做什么？等待总是伴随着不确定以及无端的揣测。即便是两情相悦，也无法彻底消除那恼人的揣度。玉娘生怕沈佺就此一去不返，生怕沈佺别生他意。她一边信任他，一边又无法控制地疑心他，焦灼不宁的玉娘，忍不住写下三首《山之高》，抒发自己白石般坚贞的眷恋，寄之远方情郎，以安己之心而安他之心。

山之高，月出小；
月出小，何皎皎！
我有所思在远道。
一日不见兮，我心悄悄。

采苦采苦，于山之南。
忡忡忧心，其何以堪！

汝心金石坚，我操冰雪洁。
拟结百岁盟，忽成一朝别。

朝云暮雨心去来，千里相思共明月。

『释义』

君如高山，高山巍巍，我似明月，明月皎皎。你我间流连羁绊的情意，亦如那巍巍高山不可挡，皎皎明月洁无瑕。我的心上人，虽漂泊在远方，却每天都出现在我的思念里，每缕思念，都使我难耐伤怛。

山南采摘苦菜，我心亦苦。这密密切切的忧苦，如蚕茧般包裹着我，想挣扎，又挣扎不得，憔悴如我，不知能忍耐到几时？

你的心意，是坚固的，如金石；我也要你知道，我的心意，亦纯净如冰雪。我们这样天涯相隔，一定要相信彼此坚定的守候，永不变更。决定要相守此生，这样陡然一别，不过短短一瞬，我们应耐住相思带来的消磨，只是，毋庸讳言，那种消磨，的确不堪之极。诚如此时，山长水阔，永夜漫漫，对此明月一轮，便由那浓烈如酒的相思，将我浇灌。你呢，是否亦在对我的思念之中，不能自已？

封缄好三首小诗，玉娘仍觉其情绵绵，犹有可诉，当即，挥毫填得三阕小词，拆缄，将之一并相寄。

《玉女摇仙佩》
霜天破夜，一阵寒风，乱渐入帘穿户。

醉觉珊瑚，梦回湘浦，隔水晓钟声度。

不作《高唐赋》，笑巫山神女，行云朝暮。

细思算，从前旧事，总为无情，顿相辜负。

正多病多愁，又听山城，戍笳悲诉。

强起推残绣褥，独对菱花，瘦减精神三楚。

为甚月楼，歌亭花院，酒债诗怀轻阻。

待伊趱前路，争如我，双驾香车归去。

任春融翠阁，画堂香霭，席前为我。

翻新句，依然京兆成眉妩。

『释义』

寒夜，冷风侵袭，闺中的我，久久独坐。夜幕大落，浮生如梦，心中有着紧紧牵挂之人，才不致被梦醉倒。就这样沉浸于孤独中，无数思绪，潮涨潮落；无数籁声，纷纷入耳。梦境变成飘得很远很远的船，再也乘不上，孤杵原地，为浓密的夜色围绕，拥挤。

只好起身，披衣，不顾寒意浸染，坐于桌畔，望着镜中孤影，不知何时，曾经美丽丰腴的我，业已憔悴消瘦。我们分离得太久，悠悠时空，无尽愁思，使我痛苦。多么希望心中人儿，能够放弃一切，来到我身旁。但我知道，那不可能。那么，我若愿意，是可去寻觅他的，哪怕云山迢迢。我只想着驾着快车，即刻朝他奔去。

《玉蝴蝶》

极目天空树远，春山蹙损，倚遍雕阑。

翠竹参差，声戛环珮珊珊。

雪肌香，荆山玉莹；蝉鬓乱，巫峡云寒。

拭啼痕，镜光羞照，辜负青鸾。

此时星前月下，间将清冷，细自温存。

蓟燕秋劲，玉郎应未整归鞍。

数新鸿，欲传佳信；阁兔毫，难写悲酸。

到黄昏，败荷疏雨，又几度销魂。

『释义』

极目眺望远山远树，去看不见所思之人的背影。此事本是
无可奈何。无法消却的愁绪，锁紧了眉头，撩拨着散乱的步履，
倚遍雕杆。想着自己正当芳华绮年，却无人欣赏，那种剪不断的
落寞，是令人愁怨难禁的。镜子里的自己，满脸都是落花般的泪
痕，就那样长久地对着镜子，只觉一切都丧失了意义。

夜幕再次飘落，寒星素月相照，更显出离人的孤独。这样
秋意渐浓时节，不知等了又等的情郎，可否已备好马匹，行将踏
上归程？如此长夜，一个接着一个，漫无尽处。每天每夜都被思

念掌控的人，都在等信和写信中度过。仰望穹苍，数尽飞鸿，却还没有要等的书信，心里的芜杂与哀怨，便积聚似海，无从排遣，即便工诗擅词之人，也不知如何着笔。伤悲已极处，红笺无点墨。就这样凄凄惨惨戚戚，黄昏复至。面对着细雨飘洒中的残荷，已知，秋深了，愁也深了，能够斩断这愁情的远人，却仍未归来。绵绵悲愁，再次袭来，浪潮般淋漓而沉重。

《蕙兰芳引》
星转晓天，戍楼听，单于吹彻。
拥翠被香残，霜杵尚喧落月。
楚江梦断，但帐底暗流清血。
看臂销金钏，一寸眉交千结。

雨阻银屏，风传锦字，怎生休歇？
未应轻散，磨宝簪将折。
玉京缥缈，雁鱼耗绝。
愁未休，窗外又敲黄叶。

『释义』
看着窗外渐渐消退的星光，天色将明，漫漫长夜终要过去。隐约听得凄凉的角声。我想到这动荡摇坠的王朝，想着我和他前程未测的恋情，不觉发怔。这样凄清无边的秋夜，难以入眠，无法在梦里见到他，我是那样孤单惶惑。

　　只有自己紧抱住自己，才发觉自己的手臂不知何时已变得如此纤细，腕上金钏儿松弛得随时都可能滑落。心里盘桓不去的离愁，像慢慢伸延开的藤蔓，从心里直爬到眉峰，深深相结，难以解释。那是没有办法消却的愁情，玉京遥遥，音书难寄，相思难慰。剪不断的愁绪，缠绕着我，未曾暂歇，窗外又响起萧萧的叶落声。

6

此时，在千里之外，沈佺正努力抑制住对玉娘的思念，扑身于厚厚的典籍中。他虽一直无心仕进，却并非不读诗书，反而爱书成痴。因之，他一旦怀揣着炽烈渴念，来京应试，其学问便进步神速。为早日归去见到玉娘，以结百年之好，沈佺几乎竭尽全力，早起晏睡，投注书海，熟读的经籍，甚至可以举一反三。

以他的才情横溢又倍加勤奋，如不出什么意外，一朝入考场，名列三甲，完全不是问题。

咸淳辛未，大考来临，二十一岁的沈佺一路无滞，通过经、论、策三场考试，顺利进入殿试。

殿试，是要考生进入华美的皇宫内，接受皇帝的亲自检验。因用功过度，积劳成疾，沈佺是抱病参加的殿试。难得他并未精神沉靡，也未因龙廷圣驾的威严而心生怯意，而是气宇轩昂，神清气爽地一一应对，镇定从容地收获了一个个赞叹与激赏。

面试时，主考官得知，眼前这位文质彬彬又才情洋溢的青年才俊是松阳人氏时，便会心一笑。因他本人数年前曾到松阳，对该地民风人情颇为熟识，他想出道难题，为难一下沈佺，看看他是否真的名副其实。

当下，主考官拈髭一笑，微微沉吟，便道："我这里有一上联，乃是'筏铺铺筏下横堰'，你且对出下联来。"

这个上联，看似俚俗平常，实则难对得紧。沈佺沉吟片刻，即脱口而出："'水车车水上寮山'。'横堰'为吾乡地名，学生便以吾乡另一地名'寮山'对之。不知大人以为然否？"

这个对句，朴实又工整妥帖，甚得主考官赏识。沈佺受此鼓舞，整场应对皆畅通无阻，终究得中榜眼，金榜题名。

沈佺在大殿上的超绝才思，不知何时已传播京华。可惜的是，沈佺还来不及欢欣，来不及载锦归返，却病况愈重，几不能离榻。主考官听闻此事，前来问慰。当看到这个俊秀儒雅、才情横溢的才子双目洞陷、憔悴不堪时，主考官知道，这个才子时日无多了。他只有勉励沈佺多多保重，好生调养。离去之时，忍不住留下一串长长的叹息。

沈佺急于归返故里，与玉娘相见，却力不从心，黯然忧愤至极，只好修书传意，表其衷肠。

玉娘得知沈佺金榜题名，固是欣悦，但得知沈佺为疾所缠，又使她愁苦难息。她自责，不该让沈佺为博功名远游京师。她若再恳求一番父亲，也许父亲就不再为难沈佺，说不定如今他们业已完婚，正为平静欢快的日子包围着。他也不会于千里之遥的异乡，无人照料，积劳成疾，以致于此。玉娘疾书心声，以安其心，使其专心养病，早日痊愈归来。

妾不偶与君，愿死以同穴也！

缠绵病榻的沈佺，看到玉娘所寄的家书，泪眼蒙眬，心血上涌。她是那样坚贞地爱着他，而他却将不久于人世。他如何对得起她？他倒希望她薄情些，若其离去，也好坦然撒手，了无牵挂。他是那样恋恋于这尘世，恋恋于玉娘的柔情。沈佺还是抱着一线微弱的希冀，期待病情侥幸好转，与玉娘携手永好。他强撑病体写得一首小诗，赠予玉娘。

> 隔水度仙妃，清绝雪争飞。
> 娇花羞素质，秋月见寒辉。
> 高情春不染，心镜尘难依。
> 何当饮云液，共跨双鸾归。

『 释义 』

在我心中，你是纯洁似雪、明净如月、娇美比花的仙子，是我永世的牵念与记挂！可是何时，才能与你共跨鸾凤，同饮云液琼酿？

沈佺渴盼着两情长相依，但又隐隐觉得，此念终成虚空。那个长夜，他到底没有挨到尽头。带着满腔的遗憾，他含泪而逝。书童只听得他临终之时，口中喃喃念着玉娘的名字。

7

张懋得悉沈佺于归家途中不幸离世的噩耗，首先想到若是玉娘得知这些会怎样。这些日子，他目睹了玉娘对沈佺那几乎无法开释的痴情。若她得知沈佺已然杳逝，她的悲痛，可想而知。

为防消息泄露，张懋只将此事告知了张夫人。

到底没有不透风的墙，沈佺的死，还是在张府传开了。只是所有人都不约而同地不言其事罢了。玉娘出现时，没有一个人，不是脸上挂笑，心中绞痛的。他们竭力避开玉娘，生怕一个不小心，被玉娘察觉。

这种回避，反而使玉娘觉出异样。她预感到有事发生，他们都在瞒着她。她像被丢进一个陌生的梦境，恍惚，不安，似乎不知何时就会踩碎梦境，轰然跌醒。

会是什么呢？她想知道，又疑惑是自己的错觉。她更怕听到自己无法接受的消息。越是心里残留着某种冀望，越害怕。别人躲着她的同时，她更是躲着别人。如此相互间的躲避，终于泄露了真相。

玉娘已数日未出闺房。张夫人不晓得玉娘得知几分，连日不见玉娘身影，便急躁起来。身体欠安的张夫人，无力看探玉娘，便把玉娘的侍女霜娥唤来相询。

张夫人病恹恹，斜卧在榻上，脸色如纸，眼神虚虚望定霜娥。顿了顿，缓过神来，方问玉娘情状。霜娥低低叹气，只说玉娘不过牵念沈公子，故而心绪寥落，不愿出门。

张夫人嘴唇颤了颤，欲说还休，背转脸去，一滴泪滚下来。眼尖的霜娥还是发觉了，这些天，盘绕她心底的疑惑更重了。

"夫人，到底出了何事？"霜娥怯怯相问。

"沈公子……沈公子殁了。"张夫人终于回转头，并不看霜娥，仿佛如此才下得决心。

霜娥脑中轰然一响，她想起沈俊渐行渐远的模糊背影，以及玉娘相思成疾的憔悴面容。她想转身离去，飞奔玉娘跟前，告诉她，又抑住脚底奔涌的冲动，像一根钉似的，钉在地上。小姐怎受得了这个？

"你们且瞒她这两天，等她自己慢慢觉得了，再跟她说。"

"哎。"只剩一室的沉默。

玉娘总要知道的。那必然要禁受的悸痛，无论如何，都要像一把雪亮的刀，刺穿她心扉。

那个亭午，玉娘正于花荫闲坐，拿着一卷看了无数遍的易安词看，显然是看不进去。她的目光，总时不时从书卷滑开，投向他处。

霜娥将一盘果子端至，放于小几上，便垂首躲开。玉娘看了眼果盘，发觉一条半展着的绢子。她的手像失控的藤蔓似的延伸开去，拿起，打开。她的目光，想逃，又无限渴望，终于，垂落在绢上那行字上。

小姐节哀，沈公子去了。

是霜娥的字。玉娘亲手教给她的字。这真真切切令她无法忽视的字，堵住了玉娘的咽喉。绢子在她手中抖动，是行将死去的花朵。她的唇紧紧咬着，眼睛大睁着，大到整张脸都感到摇摇欲坠的压迫。她还是那样笔直地坐着，坐在芬芳氤氲的花下，像不知接下来该作何反应似的。她应哭出来，却闷声不响。边上两个贴身侍女看她这样，再也忍不住掉下泪来。她们扑到玉娘跟前，但见玉娘脸上业已煞白如雪，一颗泪珠儿，搁在眼眶，像被施了巫术的珍珠，僵在那儿。她俩早被骇住，不知所措，只惊心动魄地看着眼前这被痛苦紧紧撕咬着的女子。

美丽花影，幽幽芬芳，霎时变得凌厉，像不怀好意的讪笑。很久之后，几乎地老天荒之后，玉娘方才哇地哭出来，整个人倒在侍女身上，眼泪如决堤的银河般倾倒。

她的天空了，真的空了，她是没有凭借的云了。

8

心死的时光，也就是死了的时光。

开始那段日子，最是难熬。一夜之间，秋风乍起，白露初零，木叶一点点自枝头飘落，扑打在帘栊之上，积聚于尘土当中。张家本是人丁密匝的大户，此时却倍显空寂。玉娘已将自己深锁闺中多时，仿若不曾有其人似的。所有人都在为玉娘担心，又都知道，担心也是徒然。以玉娘之性情，不去打扰为好。

张懋不知何时头发全白了。玉娘的状况，使他每天如履薄冰。张夫人病更重了，整日无言，只是泪流。他没想到，半生已过，还要禁受这般悲痛。他担心夫人先他而去，担心玉娘沉溺不醒，他为不能扭转这个情势而自责不已。他知道，现下这个家，只有他了。

只有待玉娘渐渐平复，再去劝导她。为今之计，便是为玉娘另找一头门当户对、使她满意的亲事。在张懋看来，这可能是唯一解决问题的方法。沈佺是不能活过来的，玉娘尚且年少，一辈子还长，总要嫁人。再者，嫁了人，便有新寄托，年深月久，忘却沈佺，慢慢就好了。

张夫人也这般思忖，只一再劝告张懋，别急于实行，玉娘此时的处境，是没有心思理睬这些的，万一触恼她，她那么倔强，只有弄得更糟。张懋点头称是，只等秋去冬尽，冬尽春来，等玉娘从伤痛中抽离出来，一切再从长计议。

玉娘除却晨昏到父母处问候，其余时间都待在闺阁，陷于无尽沉默。日复一日，她坐在帷幔深处，淡淡炉香缭绕中，思绪遄飞，一待，就是一个永昼；一叹，就是一个残夜。弄舌的鹦鹉，也知趣地静默下来，它在一旁凝视着帐中主人欲绝的影子，不知如何使她恢复初时的欢欣。

　　谁又能明白她此刻的心思？她宁愿和沈佺仍被父母阻挠，甚至，他已娶了别人，只要他还活着，任何结局她都能接受。他却这样无端死去了！他们已无任何阻挠，他的生命却放弃了他，也放弃了她！命运到底是什么，或者说，她的命运到底是什么？在一切都变得豁然之时，骤雨来了，铺天盖地；狂风起了，撕心裂肺！他在晨曦微露之前，长眠不醒了！

《哭沈生》

中路怜长别，无因复见闻。

愿将今日意，化作阳台云。

仙郎久未归，一归笑春风。

中途成永绝，翠袖染啼红。

怅恨生死别，梦魂还再逢。

宝镜照秋水，照此一寸衷。

素情无所著，愿逐双飞鸿。

『 释义 』

　　只有经历过的人，才能明白有情人生死相隔的悲哀。热闹的世间已被我抛远，我只在幻觉中追逐着你。郎君啊，我苦苦地等待你归来，谁想到你归家的路途竟成了永别之旅，我的泪水晕开了胭脂沾湿了衣袖。无时无刻不渴望在梦中与你相逢，这绝望的思念，却只会牵拉着我，滑向更悲伤的所在。你走了，只剩下我茕茕于世，愁绪无处寄托，只想追逐那成双成对的鸿雁而去。

她心中无以言表的悲苦，无从倾诉。那是极致的伤痛，语言之舟无力承载。作为工诗擅词的才女，在这沉痛极悲之时，唯有诗词是她最好的倾诉方式。她就更封闭了自己，一种硕大无朋的孤独，把她紧紧包裹起来。

《瑶瑟怨》

凉蟾吹浪罗衫湿，贪看无眠久延立。

欲将高调寄瑶琴，一声弦断霜风急。

风胶难煮令人伤，茫然背向西窗泣。

寒机欲把相思织，织又不成心愈戚。

掩泪含羞下阶看，仰见牛女隔河汉。

天河虽隔牛女情，一年一度能相见。

独此弦断无续期，梧桐叶上不胜悲。

抛琴晓对菱花镜，重恨风从手上吹。

『释义』

七夕是令人欣喜的，也是令人伤悲的。两情相悦而又能厮守，便能在银河之下体会到鹊桥上牛女双星相逢的喜悦。无法厮守的人，便只有在牛郎织女相逢的喜悦中倍觉伤感。我和你不是不能厮守，是断绝了厮守的可能。就像琴瑟弦断，再接上，也不是原来的弦了，断了就是断了，是无法痊愈的缠绵伤口。

西风人独立，梧叶自纷飞。我再也见不到你了。你我连牛女双星都不如，无论如何，他们还能一年一度相逢执手。我们却隔着一道无形天河，被推到很远很远的距离，一个在生之此岸，一个在死之彼端。

德祐元年，元军攻破常州，主持危局的谢太后，派陆秀夫前往请和，遭到元军拒绝。德祐二年，谢太后再遣陈宜中向元请和，痛哭流涕道："只要保得国脉，又何必在乎称不称臣！"度宗驾崩之后，谢太后偕同年幼的恭帝当政，俯身望去，竟无救国良策，只得痛楚地走此下策。二月，残虐的元军驻军钱塘，曾经繁华一朝如梦幻泡影，转瞬不可捉摸。

为保京师，谢太后复遣左丞吴坚前去大都，向忽必烈进呈降表。三月，除谢太后因病受监暂留临安，年仅五岁的恭帝及南宋臣子，皆被掳往大都。大宋前朝后周的终结，竟是南宋终结之时的覆辙，弱儿寡妇，只将江山拱手他人。南宋大势已去，只残余仅有的一线喘息。

大国的运势，越发颓败，小家的鸿运，似乎也看不到一点苗头。时光对张家来说，是条呜咽河流，悲怆而缓慢。

沈佺永绝之时，玉娘才二十一岁，张懋夫妇既怕玉娘忧伤过度，又为她的未来担心。毕竟，她早过了适婚的年纪。只因怕触恼玉娘，才不提及此事。这样一年年，一月月过去，玉娘的悲痛似乎更重，为人父母者，哪还坐得住？嫁个好人家，兴许就好了。

二十六岁的玉娘，越发孱弱萎靡。张懋和夫人决心给玉娘另择婚配，否则，玉娘此命休矣！张懋托故旧四处寻觅适合玉娘的人家，张夫人晨昏必到佛堂虔礼，祈望为玉娘找到沈佺般的夫婿，使玉娘早从愁海中走出来，也祈望这个动荡的国家，再多些喘息的时日，这个沉寂的宅院，能像从前般满处欢声笑语。

终于找到和玉娘相匹的一位宦门之子，其人品貌端方，诗才纵横，乃一方才俊，年纪也和玉娘相若，且未婚娶，实是天造地设的良缘。张懋和张夫人又托人再三打探，确定无疑，方才告诉玉娘。谁知，玉娘的反应完全出其所料！

不待张夫人说完，向来对父母恭谨有礼的玉娘变了个人似的，力竭声嘶地大哭，那撕心裂肺的哭声是种复仇般的宣泄和抗拒。数年压抑的沉痛，都从哭声中翻涌而出。除了沈佺，她怎可另嫁他人？她的世界，只容得下他，任何人都无法取代他，任何人都不行。

玉娘渐收悲声，毫不含糊，清晰坚定地向父母表明心志，说罢便转身望向窗外远天，再不言语。张懋夫妇见女儿如此情状，心痛不已，自此再不提将玉娘另配他人的话。

9

事实上，在得知沈佺死去的那刻，玉娘的心就死了。只是双亲尚在，容不得她飘然永绝，她才隐忍至今。她活着的每一刻，都在追怀沈佺，唯其如是，方才可以喘息。

她夹在生与死的缝隙里，难下决断。无数夜阑人寂之时，她对着窗外清凉幽寂的月色，苦苦挣扎。不止一次，她仿佛看到沈佺在另一世界向她含笑招手，神色若生。她亦对其投以微笑，恨不得立刻投入他的怀抱。每每此时，老父满脸皱纹的脸孔、老母慈爱痛惜的双眸，便在眼前扑闪。痛苦亦随之而来，蛇芯般缠上来，丝丝凉意，蔓延她周身。

秋凉渐浓，玉娘在侍女陪护下，来到望松岭，拜祭为抗击侵袭松阳的元军，忠烈捐躯的王远宜将军。这是她隐居闺中多年，仅有的一次出行。外边的世界，于她，已恍同隔世。但一切又那般亲切！那是属于大宋，亦属于她的山川草木！只是，或许不久后，这一切都即将易主了。她从旁人口中得知那次战役的激烈，元军的残虐，以及王将军的勇毅凛然，不禁胸中闷痛，于是不顾父母劝说，前来吊慰忠魂。

岭上松如旗，扶疏铁石姿。

下有烈士魂，上有青菟丝。

烈士节不改，青松色愈滋。

欲识烈士心，请看青松枝。

『 释义 』

岭上的高松，巍峨似旌旗，如铁挺拔，若石刚劲。松下的丰碑，寄有忠魂，惜其荒寂，菟丝交横。将军虽已逝，志节却不改，青松的颜色愈发青翠，因有英灵滋养。芸芸世人，欲感受烈士的英勇忠贞，且看墓冢畔的青青松枝。

玉娘悲吟着这首即兴而作的《王将军墓》，徘徊复徘徊，泪水早已模糊了星眸。她为王将军感愤，为破碎之山河惋叹，为自己苍茫的前路怅惘。衰草斜阳中，她隐隐预感到，大难将至，苟活下去，其贞洁可能难得护惜。她眼看着失了沈郎，碎了金瓯，怎能再失去她只为沈佺守护的忠贞？

一个王朝即将倾覆，蝼蚁般的生民，无可奈何地偷生苟活，他们要在繁华彻底消歇之前，虚空地狂欢一番，也许，明朝，一切都成了残渣荒烟。那就在惯性驱使下，享受片时的辉煌，让悲愁暂且闭上眼睛。山河破碎、雨打浮萍的晦暗背景之下，松阳热闹依旧，华灯似昼，人语盈天，恍如一个梦，将碎的梦。

张懋夫妇想方设法要带玉娘到热闹的街上散散心，终究无法说服她，无奈之下，只好将其留于闺中。听着街上隐约的喧嚣声，玉娘愈感寂寥，她渴望于此良辰，能与沈佺同到车如流水马如龙的街上，欣赏那花月正春风的不夜天，却不能够。沈佺的身影，又翩然如蝶般飞到眼前。她的眼泪，忍不住簌簌而下。

　　侍女见状，劝她不要多想，先回榻上歇息。此时帘幕低垂，室内一点声息无。鹦鹉蜷成一团，熏炉氤氲着暗香的暖意，一圈圈弥散开，侍女搀扶恹恹的玉娘，回身绣榻。一切都沉静至极，像在湖底。玉娘渐渐入梦，百合花般芳香的云雾缓缓而至，温柔地包裹着孱弱的她。

　　更漏声越发清晰，像一根根纤针，扑落在薄薄的花瓣上。房间暖极，静极，侍女皆已入眠，鹦鹉也闭上眼睛，只剩残烛的影子摇曳。玉娘缓缓地睁开惺忪双眸，起身，似在应和一种强大的召唤。是沈佺，他乘一只白鹤，在灯影中落下，袍服飘洒，在她眼前款款伫定，目若晨星，久久地凝视她。玉娘不敢相信，只觉是梦。又分明觉得，这不仅仅是梦。玉娘啼笑交织，急步上前，紧抱住沈佺。

　　"玉娘，没想到，你这般念念于我，自苦若此！"
　　沈佺泪盈于睫，哽咽几不成声。
　　"没有你，我已不思苟活！只因二老在矣！"
　　烛影闪烁，行将熄灭，室内顿时黯淡。玉娘只觉怀抱空空，不知何时，沈佺已遁迹杳去。

　　"沈郎！沈郎！你竟忍心舍我而去？！"玉娘失声喊道，却毫无所应。

　　"小姐！小姐！"玉娘睁开眼睛，见侍女们满脸泪痕地呼唤她。

　　"我见到沈公子了，我要赶上他！赶上他！"玉娘气若游丝，她要去寻觅沈佺，竟遍寻不见，不由黯然泣下。

她已决定，不再苟活。他在等她，不能让他久等。这个动荡纷乱的世界，是放不过她的，她也不想在无边泥淖里颠簸挣扎，她要赶在遭辱之前，洁净地抽离。身为一介弱女子，她只能为已逝的情郎死，为将倾的王朝死。死，是她唯一守得清白的方式。她不伟大，也不无情，只是不得不。

自此，玉娘开始绝食，不进水米，只等死亡来牵她的衣袖。张懋夫妇气急了，恨不得骂玉娘几声，又万分不舍。他们甚至恨起沈佺，若非他，玉娘怎会以致于是？

玉娘一天天消瘦下来，瘦到见骨。张懋和张夫人无可奈何之下，只有皈依佛门，除了吃斋念佛，再无他法。

德祐二年五月，年仅七岁的益王赵昰，福州继位，是为端宗，改号景炎。十二月，元军渡钱塘江，入浙东，追歼南宋残部，位于浙之西南的松阳，亦一片焦土，狼烟四起，生民涂炭。

景炎二年，时值素秋，二十七岁的张玉娘，在所有人安然梦中之时，含笑离开了这个鸡犬不宁、污浊翻涌的世界，离开了她深爱的亲人。她在另一世界和她的沈郎，重逢了，他们要再去续那断裂已久的爱的盟约。那晚的月亮，很圆，很圆，似乎永不再残缺。

10

松阳的张大家，香断玉绝了。

张家上下顿时陷入巨大的哀痛中。张懋夫妇以为有了玉娘，便可老有所依，万料不及，竟这般惨然收梢！他们寄之生命的女儿，如此撒手而去，他们不知该当何从！玉娘何其忍心！然而，逝者已矣，万种怨怜，皆无意义。

他们也知道，生逢末世，在这鸦色的天地间，其美其纯如玉娘般的女子，亦是凶险，这样也好，一了百了，于玉娘是解脱，于他们也省却了牵挂，他们已自身难顾，沧海横流的危局中，哪得顾全玉娘？他们只期冀，玉娘和她深爱的沈郎，能如其所愿，得天垂眷，效若梁祝，化蝶长伴，不再孤苦。

沈家得知此讯，不啻霹雳砸落。沈佺虽故去经年，沈家仍于丧子之痛中深陷，玉娘这未过门的儿媳，隐隐已成其精神所系。他们不忍玉娘过门，独守空闺；更不忍玉娘沉寂闺阁，不虑婚嫁。玉娘活着，是他们难得的抚慰，这唯一的抚慰，现下也没了，像把剪刀，猝然剪断生命之芯，一切都暗下去。

刘兰芝和焦仲卿死后，焦刘两家将二人合葬一处，生被撕裂，死得拼合，坟头生连理，鸳鸯枝叶间。张沈两家，也将玉娘同沈佺合葬，冥冥中，他们亦期望神迹显现，或许，玉娘和沈佺，也能化作一对比翼鸟，一双翩飞蝶，他们本就是这烟火世间的焦刘，梁祝！然而，真实的故事，往往朴素平实。两人合葬后，并无神迹出现，只有两座沉默坟茔，在青天黄土间，紧紧相挨。

一定要说有何异样发生，就是，与玉娘情如姊妹的侍女霜娥与紫娥，决绝而逝。

那夜，月华似水幽寒，闺房依旧，玉人则已不在。霜娥、紫娥静坐桌畔，望着空空桌案，勾起无尽回想。玉娘教她们识字，写字，写诗，填词；她俩教玉娘针线，斗草，给她讲古，说逸；风敲竹韵，雨打芭蕉之时，棋枰互博，清吟诗句，种种景象，历历如昨。

那堆积着玉娘志节，相思，悲愁，恨愤的诗稿，似纸的残骸，展诸锦帕，素月之下，仿若玉娘素净含愁的脸庞。霜娥、紫娥，像对着玉娘，悲不自胜地，低吟着一行行玉珠般的诗句。沉默已久的鹦鹉，亦随之吟起常吟的那句："汝心金石坚，我操冰雪洁。"它仿佛已非不识世间情味的鸟儿，晶莹的眼睛，嵌满抹不去的愁惨。

霜紫二人，转身凝注着窗畔鹦鹉，倾听着那撕人心肺的沉吟。那沉吟，沙哑起来，挣扎着什么难以摆脱的纠缠似的，猝然顿住，继而是断续的几点残响，便再无声息，像一场突霁的碎雨，只见鹦鹉摇摇欲坠，终究跌落而下，蜷缩于地的身躯，仿佛朵睡熟的云。二人悚然惊起，俯身探看殉主的鹦鹉，不由大放悲声。

整个张家都被惊动，一盏盏灯烛刺破夜幕，奔往玉娘闺房。紫霜二婢，已哽塞难抑，气息若丝，未几，便长离人世。

翌日，紫霜二婢和鹦鹉殉主之事，在松阳周遭不胫而走。玉娘因贞而终，紫霜二婢和鹦鹉却为绝世。这样的悲剧，是笼罩松阳顶空的漫天乌云，亦是掩映其间的忠贞之光，使人感叹复又感佩。

沈张两家，为紫霜二婢及鹦鹉之清忠所感，称之为"闺中三清"，并将紫霜二人葬于玉娘墓之两侧，鹦鹉同玉娘沈佺合葬，让这些忠贞纯净之魂，长相依傍。

自此，松阳遐迩的多情男女，皆视玉娘、沈佺为现世之梁祝，奉为偶像，又将其墓唤作"鹦鹉冢"。日月如梭，草木枯荣，不觉，这片荒冢，已成红尘情恋的圣地。

尾声

景炎三年四月，十岁的端宗，病死于碙洲荒岛，其七岁幼弟赵昺继位，是为宋末帝，改号祥兴。六月，南宋外廷迁至崖山。十二月，抗元将领文天祥于五坡岭被俘。

详兴二年正月，张弘范率元军攻逼崖山，密密层层的元军，三面合围以张世杰、陆秀夫为将领的南宋余势。三月十九日，崖山海战以南宋海上浮尸十余万，陆秀夫背负八岁宋末帝赵昺投海身死，惨败告结，大宋国脉彻底截断，享国三百一十九年的宋朝，亡。忽必烈建立的元朝，统一中国。

孤绝年迈的张懋夫妇，女死家丧，辗转无数流民行列，朝不保夕，如风露残烛，但无论多艰难，他们都携着玉娘诗稿，无时或离。那是玉娘的一切，也是他们生命的微火。后，玉娘诗稿由其族孙张献集录成《兰雪集》，刊行于世。

元朝中叶，玉娘诗中部分篇什，传诸大都，为列名"元四家"的虞集所激赏，其尤对三章《山之高》，推崇备至，赞之为"有三百篇之风，虽《卷耳》《草虫》不能过也！"

日月流转，朝代更迭，世事变迁，张玉娘及其《兰雪集》渐为湮没，像一滴露珠儿，消隐于酷烈的现实光照中，直至孟称舜出现。

孟称舜再次凭吊"鹦鹉冢"归来，在那蒙蒙暮色里，心生为张玉娘撰写传奇之意。潇潇秋雨，寂寂官署，孟称舜神色怅然，挑灯挥管，一笔笔，写下他对玉娘的敬仰和喟叹。几易其稿，终成使他展颜的三十五出传奇《张玉娘闺房三清鹦鹉墓贞文记》。

又一个清晓，孟称舜带着精心包裹的《贞文记》，来到周遭丹枫似烧的鹦鹉冢畔，久久伫立，默默无言，似隔着悠悠岁月，茫茫尘海，同那位幽兰其姿，冰雪其品的异代女子，进行一场灵魂的叙说……

朱淑真：

深杏夭桃，端的为谁零落

1

朱淑真的故事,像挂于檐下的蛛网,残裂了,风中雨中颤抖着,似要跌落尘泥,却还缀挂那儿。

她不是吐丝自绕的蜘蛛,只是无端被吹卷入网的一片娇红,无力挣脱,也终未挣脱那幽怨之丝的密结纠缠。

风来,雨来,叶落,花飘。

她的故事,一点一点,像打开的折扇,现出它的光彩与暗影。

2

南宋高宗绍兴四年,朱淑真生于钱塘涌金门宝康巷,一户官宦之家。从小,她深受父母怜爱,便允其于私塾为兄伴读。朱淑真喜欢读书,亦善于读书,对诗词歌赋尤有兴致。她很早便能吟诗填词，虽显稚拙，却颇为可观。父亲不赞成女儿读书作诗，但考虑到她深闺闲寂，便不多干涉。

光景须臾晃过，朱淑真已为才貌双绝的少女。向来欢欣的女孩，不知何时，竟多了几许莫名哀愁。这天，她端坐绣阁，望着花事已尽的院落，不胜伤怀，写得一首《清昼》，遣其清愁：

竹摇清影罩幽窗，两两时禽噪夕阳。
谢却海棠飞尽絮，困人天气日初长。

『 释义 』

青碧的竹影，遮蔽住玲珑窗台，夕阳中掠过成双成对的候鸟。庭院里的海棠凋谢殆尽，柳絮亦飘散无踪。春已去，夏初来，日子变得悠长而使人困倦。

朱淑真最喜李清照的词，亦最羡慕李清照和赵明诚的婚姻。而今，她已年方十六，快到婚配之期。她渴望能像他们那样，有一位与自己珠联璧合的眷属，一生一世，长相厮守。她既是这般易于伤春悲秋，热衷吟诗弄词，自然寄望将来的眷属亦能善感多才。秋云不雨长阴，秋叶无风自落，朱淑真幽幽吟着：

初合双鬟学画眉，未知心事属阿谁。
待将满抱中秋月，分付萧郎万首诗。

『释义』

初合双鬟的我，已到了碧玉年华，不知我将来的夫婿是一个怎样的人，只寄望中秋月圆之时，他能同我般，对月浩叹，诗情万斛！

那年春色正浓，朱家来了一个同朱淑真年龄相仿的少年，乃朱家远亲，因事暂居于此。朱淑真居西园，少年和朱淑真之兄居东园。其兄此后科考中第，长居署中，少年便独居东园。

朱淑真和少年乍一相见便彼此心许，现下更多了相约之机，其间深情，益发炽热。如同红娘穿线引针于张生与莺莺间，朱淑真二人，亦常由贴身侍女暗通音信。

那日，两人约定于西湖相见，不想尚未出门，竟下起雨来，以为此约必爽，雨却转瞬又霁。才子佳人，相见于风光秀美的湖畔，不胜之喜，欢畅缱绻无尽。

那个夏日午后，是朱淑真少女时代一个美梦，她多想永不醒来，然而终究要醒。短暂游赏后，他们惘然若失地中途分手，各自归来。如酒暮色中，朱淑真郁郁寡欢，填得一阕《清平乐》，以志其感：

恼烟撩露，留我须臾住。
携手藕花湖上路，一霎黄梅细雨。
娇痴不怕人猜，和衣睡倒人怀。
最是分携时候，归来懒傍妆台。

『释义』

细雨似烟，我只得稍事停留。我们携手漫步于藕花满目的湖畔，不想，一阵黄梅小雨，乍来乍去。情到浓处，不由自主，便依偎你怀，管不得别人猜想物议。相见欢，别离难，独自归来，只觉无尽失落，唯有无力凭倚在梳妆台旁。

少年因家中变故临时要返回家乡，朱淑真陷入绵绵相思中。然而不等两人再次相见，互诉衷肠，朱淑真父亲已为她说定一门婚事，她哭哭啼啼不依，却不能动摇父命分毫。

眼看婚期渐近，她却仍无少年的消息，他这一走，就像沉入大海的珠子。园里春色正好，朱淑真却哀伤不已。她知道，繁华终要成空，恍如一梦。风起了，雨来了，渐渐狂肆，枝上密密挨着的花瓣，一片片坠落于青苔之上。她低低吟道：

连理枝头花正开，妒花风雨便相催。

愿教青帝常为主，莫遣纷纷点翠苔。

『释义』

连理枝头，花开正盛，然而风雨妒忌鲜花的娇美，时刻想催其凋零！祈望掌管春天的青帝，为花做主，勿使她们纷纷飘落在青苔上。

3

朱淑真不得不听从父命嫁给了一个汲汲名利的小吏，她失望
至极。为了钻营，丈夫时常在外，留她一人在家，两人共处一室
时，又无话可说。她对丈夫的做派不屑一顾，对他粗鄙的言谈难
以忍受。她的快乐，疏若寒夜星辰，只有写诗填词之时，或嫂嫂
和诗友探望之时，方得片时欣然。

每次和亲友相聚的短暂光阴，总使她念念难忘。每次丈夫不
在家时，她便想邀约她们前来。她太寂寞了，一个人，像渴盼晨
曦的长夜般，期待着亲友到来。

这年初冬，朱淑真终于等到嫂嫂和好友来临，她兴奋极了，
长期包裹着她的寂寞仿佛霎时被消融。她很久没这般快乐过，她

觉得，和她们吟诗对酌，简直如梦中日月，疑其非真。因此，别离便难舍难分，她只有以诗记之，留存那转瞬即逝的欢畅，信笔写就这首《围炉》：

围坐红炉唱小词，旋篘新酒赏新诗。

大家莫惜今朝醉，一别参差又几时。

『 释义 』

我们围炉叙话，尽兴处，便唱起小词。刚滤的酒清香扑鼻，正好配上新作的小诗。大家不要拘谨，尽情畅饮，谁知这番作别，几时方得再见？

丈夫为了官场钻营，催使朱淑真和那些附庸风雅的贵夫人结交。为了调和和丈夫的关系，朱淑真也试过顺从其意，同那些贵夫人唱和，但她们多数都毫无诗才，尽为俗不可耐的平庸之人。几次之后，她实不愿接近她们，便渐渐疏远。只有少数几个，由衷热爱诗词歌赋，她便当作偶得的诗友，不胜欢喜，丈夫不必催促，她亦常相往来。

可惜这样的贵夫人，不过凤毛麟角。魏夫人便是这凤毛麟角中的一位。朱淑真在丈夫允准之下，常常拜会她。

一次，魏夫人宴请朱淑真，席间，有善舞的小鬟翩然起舞，那精妙的舞姿使朱淑真叹为观止，便当场作得一组小诗，赞之：

管弦催上锦裀时，体段轻盈只欲飞。

著使明皇当日见，阿蛮无计况杨妃。

『释义』

管弦奏响，她踏上锦褥，体态轻妙，身段曼柔欲飞。若明皇当日得见，定然赞叹，恐怕谢阿蛮都难比肩，更遑论体态丰盈的杨妃！

柳腰不被春拘管，风转鸾回霞袖管。

舞彻伊州力不禁，筵前扑簌花飞满。

『释义』

她腰肢似柳，无羁款摆，衣袂飘飞，如鸾翔霞飞。伊州调飘扬着，她的舞姿，宛如花瓣簌簌旋转。

对朱淑真而言，快乐是难得一见的虹霓，寂寞怨尤，才是她的空气。她越来越不能忍受丈夫的恶俗鄙劣，若非苦苦忍耐，他们无时无刻不起争执。这样不甘的忍耐，使朱淑真感到绝望。她只想一人待在家中，不愿随他宦途飘零。她不想再当他的点缀，她感觉自己是一朵落入泥淖的梨花，一片跌进沟渠的月色。她为自己不值，又无法消解这悲愁。她随夫宦游之时，深深体会到，两个咫尺天涯之人间的尴尬与苦恼。她坐于漂泊的舟上，望着昏昏欲睡的丈夫，忍不住落泪，这哪里是她的夫婿，和陌路人竟毫无区别。她伤怀地写下数首《舟行即事》，抒发心底郁闷：

帆高风顺疾如飞，天阔波平远又低。
山色水光随地改，共谁裁剪入新诗。

『释义』

风中之舟，飘行如飞，坐舟远望，长天空阔，清波平坦，使人心旷神怡。山色水光因地而异，谁能和我一起同赏好景，相与吟哦成诗？

岁暮天涯客异乡，扁舟今又渡潇湘。
颦眉独坐水窗下，泪滴罗衣暗断肠。

『释义』

岁晚还在天涯漂泊，今又舟至潇湘，这般辗转不定的日子，使我难过。独坐篷窗畔的我，蹙眉无言，唯有泪滴罗衫，暗自忧戚。

4

丈夫并不喜朱淑真写诗填词，不过要借助她的诗名去接触那些附庸风雅的贵夫人，好为他晋官升爵作助。如今，他们互不理睬，她完全脱离了他的掌控，再不愿出门拜访那些贵夫人，他便对她的诗才不屑一顾，甚至嘲讽她除了作诗什么都不会。这使朱淑真更憎恶他，更觉自己所托非人。两人的距离，无形中被拉得更远。她不愤诗才被辱，越想越气恼。窗外滴着雨，如同她心中的泪滴，她挥毫一口气写下《自责》：

女子弄文诚可罪，那堪咏月更吟风。

磨穿铁砚非吾事，绣折金针却有功。

『释义』

女子写文章实在罪过，更别说我这般吟风咏月！铁砚磨穿不是我应做的事，把绣花针用折了反而能得到赞赏！

这般反讽之句，解了恨，却更使她哀怨。她知道，这个男子一手遮天的世道，不会因其一人的愤怒，便扭转过来。即便压倒须眉的李清照，不也遭到男人的折辱，讥嘲？她不认输，又能怎样？她自忖才貌冠绝一时，却连嫁给谁都无法做主！苦心孤诣写下的诗词，还要遭受丈夫的白眼恶语！她又想到曾经的恋人，想到他们的终究分离，不由一声叹息，意犹未尽地写下另一首《自责》：

闷无消遣只看诗，不见诗中话别离。

添得情怀转萧索，始知伶俐不如痴。

『释义』

愁闷便看诗消遣，岂不见，诗中尽为别离句！想到与你不得
再见，心绪便转萧索，这才知伶俐乖巧易遭愁伤，不如愚痴，总
得欢喜！

两人的深幽院落，却是她一人的蛛网，丈夫越来越少在家，
他在外边如何钻营和游冶，她不再理会，亦更习惯无他的安然。
她宁愿孤独，亦不愿和他同处。然而寂寞是不言而喻的，寂寞是
一条一条蛛丝，无声无息蔓延过来，袭击她，缠绕她，她想挣
脱，又无力挣脱，它给她静谧，亦给她凄凉。

春天来了，满园皎洁梨花，一夜盛放，她想去欣赏，又无
情绪。她觉得自己便是那梨花，美而洁净，却只能埋没于浓稠寂
寞。清晨恍惚而过，转眼便是悠长雨夜，她只有用诗词来慰藉自
己，便为梨花，亦为自己，填得一阕《月华清》：

雪压庭春，香浮花月，揽衣还怯单薄。

欹枕裴回，又听一声干鹊。

粉泪共、宿雨阑干，清梦与、寒云寂寞。

除却，是江梅曾许，诗人吟作。

长恨晓风漂泊，且莫遣香肌，瘦减如削。

深杏夭桃，端的为谁零落。

况天气、妆点清明，对美景、不妨行乐。

拌著，向花时取，一杯独酌。

『释义』

庭中梨花似雪，月下暗香浮动。春寒料峭，衣衫薄单，辗转难眠，只听声声鹊鸣。潇潇雨夜，好梦难成，清泪暗滴。生怕晓风吹落梨花的娇瓣，一如伊人憔悴。浓丽的桃杏，开而复落，不知为谁。好花开时，且去行乐，方不辜负，但无人陪我花间共醉，唯有独酌。

5

朱淑真无法再在夫家忍受下去，这个家，毫无家的感觉，只是冰凉空旷。丈夫纳妾，本与她无干，对他，她早绝望。但他们不该在她眼前招摇，她连一片清净之地也没了。尤其那个妾侍有了子嗣，更无所顾忌，俨然家中主母。朱淑真身为名门闺秀，丈夫的市侩龌龊已使她伤楚，今日，还要受此羞辱。她悲愤地写下《愁怀》：

鸥鹭鸳鸯作一池，须知羽翼不相宜。

东君不与花为主，何似休生连理枝。

『释义』

鸥鹭、鸳鸯本非同类，却生生聚作一处。东君若不为百花做主，又何必生却连理枝？

她觉得再这样下去，此生便会成为一片腐朽沼泽。日复一日，她感觉到无尽的寂寞，凄凉，晦暗。春天来时，她无意赏春，好花爬上窗畔，她亦漠然视之，眼里心中，只有秋的低迷、寂寥。她厌倦这陌生的深宅旷院，不敢相信，自己竟于此间已浪掷许多的青春。她害怕早晨的到来，更害怕夜晚的到来，一点点拖她堕向忧伤无欢的深渊。她写《秋夜》：

哭损双眸断尽肠，怕黄昏后到昏黄。

更堪细雨新秋夜，一点残灯伴夜长。

『释义』

哭痛眼眸，柔肠寸断，怕黄昏到来，黄昏偏又来临，接着是寂寂长夜。不料又是秋雨之夜，细雨淅沥，独对残烛的我，不知何时才能天明。

朱淑真望着镜中自己的花颜月貌，禁不住落泪。她还这般年轻，便要终结快乐的抚慰？她觉得不值。她不能白白来世上一遭，尚未绽放，便归萎谢！她要离开，不管付出何等代价！离开！离开！宁愿终身独处，她亦不愿迁就下去，和一个愚夫旷日持久地相处，那是虽生犹死的酷刑！

如今，对丈夫，她只有一个要求——给她一张休书！黄昏恍惚而来，微风拂过带泪的脸庞，楼外飘荡的春色，使她下定决心，她在沾满清泪的笺上，填就一阕《蝶恋花》：

楼外垂杨千万缕，

欲系青春，少住春还去。

犹自风前飘柳絮，随春且看归何处。

绿满山川闻杜宇。

便做无情，莫也愁人苦。

把酒送春春不语，黄昏却下潇潇雨。

『释义』

楼外杨柳，千丝万缕，仿佛要系住春天，春天不过稍稍停留，便又离去。东风拂过，飞絮飘飞，我隔着帘栊，纵目春的去踪。

绿意遍染山川，却已听得声声鹃啼。对此情景，便是无情

之人，亦难免悲愁。我举杯送春，春却无言，只闻暮色里春雨
潇潇！

6

朱淑真终于带着休书，悲伤又快慰地离开这个牢笼，回到宝
康巷的家中。然而，父母对她明显不如从前亲近，她更觉失落、
孤寂。她对丈夫彻底失望，那个"家"她不会再回去，那种生
活，她已倦怠至极，觉得生命了无意义。

东园里住着哥嫂，她依旧像出嫁前一样住在西园。这里的一
切，一如往时，楼阁玲珑，廊院回环，花木扶疏，幽静异常。她
想，一人在此终老，亦好过两人痛楚纠缠。

本已打定主意独自在这西园里，古井无波地度此残生，对未
来，对爱，她早已不抱希冀。谁知，上苍又为她打开一扇幽窗，
投进一抹微弱的星光。

那日，朱淑真竟在家中再见到他，那个她醒里梦里无时或忘
的少年。她已为弃妇，他尚未娶。这样的安排，使她踟蹰难安。
她隔窗望着他比年少时更英俊，却略显憔悴的脸容，不禁兀自神
伤，泪水悄悄流下，沾湿唇角。

他得知她现居西园，竟使侍女捎来书函。熟悉的字迹，简短
深切的问候，动摇着朱淑真的心神。不知何时，窸窸窣窣的春雨
飘洒而下，笼罩整个庭院。她坐在窗畔，手捏浅斟的酒樽，轻轻

捱着，淡淡愁，幽幽恨，不由袭上心头。多少旧事，浮现眼前，恍惚如昨。意绪所致，填就一阕《江城子》：

斜风细雨作春寒。
对尊前，忆前欢，
曾把梨花，寂寞泪阑干。
芳草断烟南浦路，
和别泪，看青山。

昨宵结得梦夤缘。
水云间，悄无言，
争奈醒来，愁恨又依然。
展转衾裯空懊恼，
天易见，见伊难。

『释义』

窗外斜风细雨，春寒料峭。我独对孤樽，思忆旧欢。那时，我手拈洁净的梨花，寂寥无欢，泪眼模糊，于芳草掩映的南浦，远望已遮住你背影的青山。昨夜梦中，与你相见，云水苍茫，相对无言，不及欢喜，梦已醒转。无尽愁绪，汹涌奔来。方才明白，苍天易见，见你太难。

日复一日，两人便这般由侍女传递书信，不觉二人旧情炽燃，仿佛回到昔时。相思成了烧灼彼此的一捧烈焰。她渴望见到他，却不知何以相见。新的烦恼，包裹着她。秋夜漫漫，相思绵绵。她想到李太白《秋风词》里句子："秋风清，秋月明，落叶聚还散，寒鸦栖复惊。相思相见知何日？此时此夜难为情！"秋风凄凄，烛影摇摇，她难以自持，一任心底串串相思，抖落彩笺，而后，以《圈儿词》题之：

相思欲寄无从寄，画个圈儿替；
话在圈儿外，心在圈儿里。
我密密加圈，你须密密知侬意：
单圈儿是我，双圈儿是你；
整圈儿是团圆，破圈儿是别离。
还有那说不尽的相思，把一路圈儿圈到底。

『释义』

满心相思，欲寄无从，便画个圈儿替代。要说的话，皆在圈儿外，我的心意，却在圈儿里。我密密画圈儿，你要密密知晓我心意。单圈儿是我，双圈儿是你；整圈儿是团圆，破圈儿是别离。我要把圈儿一直画到底，只因我的相思无尽期。

他收到这阕精巧悱恻的小词，喜不自胜。很快便有复信，约定元夜为相见之期。

朱淑真看着赫然约期，啼笑俱至。多少春花秋月等闲度，换得此时如梦欢。她一遍遍默念，一次次想象元夜来临的情形，简直迫不及待。那个夜晚，她快乐得不能入眠，生怕睡着，一切都不作数。她等，等素雪纷飞；她等，等春风初透；她等，等那千树绽放，鱼龙舞动的良夜。

终于，他和元夜一同来到了她的眼前。在约好的那株柳下相见，见到他如月面容、如风秀姿，她不禁怔住，疑其为梦。他伸出手臂，她轻轻挽住，温热的体温，使她觉得踏实。烟花弥天，弦乐入云，好月悬空，他们全不理会，生怕光阴飞转，旋即别离，只絮絮话旧，绵绵言情。

欢娱夜短，寂寞更长。约会归来，朱淑真惘然若失，听断更漏，剪尽烛花，亦难入梦，写下《元夜》，抒其余兴：

> 火树银花触目红，揭天鼓吹闹春风。
>
> 新欢入手愁忙里，旧事惊心忆梦中。
>
> 但愿暂成人缱绻，不妨常任月朦胧。
>
> 赏灯那得工夫醉，未必明年此会同。

『 释义 』

元夜的火树银花，触人眼目；春风中，鼓乐漫天。和你缅叙旧事，牵手人海。只想与你沉浸两人独有的缱绻里，没有工夫欣

赏那朦胧之月、华美之灯，只因不知来年我们能否还得相见，享
此欢愉。

两人约定，来年元夜再于此处相见。她想及那漫漫等待，便
觉伤怀。他们为何不能长相厮守，暮暮朝朝？她等过春夏，等过
秋冬，觉得每天都变得悠长难耐，寂寞辽阔起来，几乎要淹没所
有欢悦。他的信笺，是她每夜的星辰，使她不觉夜晚过于漫长、
幽暗。等待，是她的折磨，亦是救赎。

7

终于，又到了元夜。她要好好妆扮，又怕约会落空，华服盛
装更显人孤独。坐在梳妆台前，清亮的镜子像轮明月，她便是那
要奔逃月中的女子，寂寞，是她逃不脱的围困。他信里说，会如
去年一样陪伴她，游赏那沉沉夜幕中的银花火树，如龙车辇，如
云丽人，还有，圆如金盘的明月。这元夜，她足足等了一载。

楼外的街市越发喧嚣，拥挤华美的元夜，即将降临。晚膳
已至，她草草吃些东西，便回房中，待父母出门，朱淑真方独去
赴约。将选定的衣裙与珠花，一一穿戴。兴奋着，担心着，不安
着，惶惑着，她的心，始终无法平复。夜幕已张，他是否已在那
里等候？她期许看到一个蕴藉俊朗的他，亦期许他看到她时，眸
中生彩，唇间带笑。

临安的元夜，格外有元夜的氛围。一出家门，便是如昼的灯色，铺天的烟花，扰攘的人群，如流的车驾。宝光灿烂的朱淑真，目空一切，朝着熟悉路径，姗姗前行。人太挤，几乎踩掉绣履。穿过重重繁华，喧嚣，终至静寂街角的柳下。

那株柳，一如既往的沉默，萧索的枝条，低垂似羞，鹅黄圆月，悬于枝梢，明澈圆满。约定的时候到了，他却未至。朱淑真安慰自己，他只是来迟，不会失信的。她勉强微笑，替他开脱，他可能为事耽延，或许，他的信已捎至家中，等她拆看。眼看直冲云霄的烟花，已然落尽，残余的光，行将为夜色吞噬，她还不甘心地等，等。

不觉夜已阑珊，不能再等了。她闻到自己身上淡淡的清芬，更感寂寞。抱着最后一丝希冀速速回到家中，却并无任何信笺。他，到底失信了。

当初的约期，不算数了吗？他已变心？朱淑真紧闭闺门，让寂寞包围她。她怕寂寞，但寂寞是她唯一侣伴。烛影煌煌，她用纤弱手指，拈笔，填得一阕《生查子》：

去年元夜时，花市灯如昼，
月上柳梢头，人约黄昏后。

今年元夜时，月与灯依旧，
不见去年人，泪湿春衫袖。

『**释义**』

去年元夜，灯火如昼，游人如织，黄昏时分，我们在约好的柳下执手细语，只柳梢的月儿看到，听到。今年元夜，繁华如昔，柳下却唯我一人，月儿只看到我，泪湿春衫的悲愁。

写毕，泪水早湿了素笺。她知道，又一个不眠之夜，在等着她。

8

久久未有情郎的音信，朱淑真恨不得亲自去找寻他。巨大空落的宅院，紧紧禁锢着她，她不知如何摆脱，更不知摆脱之后将何去何从。他为何要中途变更心意，不得而知。然而这般了无痕迹地抽身而去，仿佛从未来过她的世界，实在狠心。她觉得自己是做了个梦，这梦令人心悸、惆怅，却转瞬即逝。她是这深宅里的一株花树，美而寂寥。

朱淑真同父母之间的言语更少了。他们多少有些嫌恶她，她不是不知。她曾是父亲辉煌一生的骄傲，如今，却成斑点。他们避着她，她亦避着他们。曾经，他们是她结结实实的依靠，丈夫对她羞辱、冷漠，她并不自弃，因为心底有光。现在，咫尺天涯，他们和她一起在深宅里织茧，包住自己，亦隔绝对方。

西园和她一样孤独，从花草浅淡，到一片荒芜。她在亭榭，为池沼的鱼儿投食，自己和自己下棋，直到暮色笼罩棋盘。这个春天，不知何时已显苍老，春色又将远行。它会于何处驻留？何时返归，再把园子涂成碧绿鲜艳的世界？

这天，她怏怏地来到西楼，久久伫立栏前，望着沉静落寞的穹苍，及其满园凋零，不由感伤，转身回室，垂珠帘，掩窗扉，寂寂填得一阕《谒金门》：

春已半，触目此情无限。
十二栏杆闲倚遍，愁来天不管。

好是风和日暖。输与莺莺燕燕。
满院落花帘不卷，断肠芳草远。

『释义』

春已过半，我斜倚栏前，触目尽是败落之景，心间缠绕的春愁，难理难消。便是晴好之日，莺歌燕舞，亦无绪赏玩，只有垂下帘子，无视花落草枯的伤楚，才会稍稍远离愁伤。

春去了，朱淑真心底的一抹春色，也失色了。他就这样无声无息地消失在她的生命里，她呢，就这般孤独终老？她不甘心。爱情的欢悦，一经体尝，便无从忘却。她不能在无情的孤独里，等死。但命运由不得她操控。唯一的快乐，只有诗词。它们装载的虽是愁怀，落笔的一刻，却快乐无比。它们是她的良伴，却始终如一地慰藉她，愉悦她。每天都在写，一首首，一阕阕，织进她的微微喜悦，沉沉悲愁。秋意转浓，她一人坐于窗下灯烛中，一卷《李义山诗集》，翻了不知多少遍，她最喜欢的，还是那首《无题》：

> 重帏深下莫愁堂，卧后清宵细细长。
> 神女生涯原是梦，小姑居处本无郎。
> 风波不信菱枝弱，月露谁教桂叶香。
> 直道相思了无益，未妨惆怅是清狂。

『释义』

独卧帘幕低垂的莫愁堂，只觉清夜漫漫。一切欢好，如梦般消散，我仍独孤如昔，无所寄托。菱枝风摧，桂叶露浸，即便相思无益，依旧甘心忍受这无尽惆怅。

朱淑真反复低吟，不觉清泪两行。李义山所写的，岂不是她？为爱痴狂，不过一场空幻。最后还是一人陷于孤独。像她这般痴傻之人，原来并非她一个！唯有如此自解。

窗外明月，似圆非圆，她放下诗卷，走出绣户，来到山湖石畔的亭中，仰视那轮淡月。淡淡月色浸润她的诗肠，不由低唱一阕新填的《菩萨蛮》：

山亭水榭秋方半，凤帏寂寞无人伴。

愁闷一番新，双蛾只旧颦。

起来临绣户，时有疏萤度。

多谢月相怜，今宵不忍圆。

『释义』

山亭水榭被一片秋意笼罩着，我独自躺在帷帐中，无人相伴。紧锁的愁眉尚未舒展，心中又添了新愁。起身斜倚在窗前，但见流萤不时飞过。抬头看，新月似钩，多谢明月怜惜我的哀愁，不忍心变圆满。

暑去寒来，朱淑真依旧愁难释。他是要和她永远断绝了吧？日复一日，她觉得自己已青春老去，芳华不再，久已不曾临镜，生怕被陌生的自己惊到。她怕白昼悠悠，更惧长夜漫漫。曾经有梦，梦里有人，有喜悦，有光热，而今，和梦也无！她几乎没有一个完整的睡眠。尤其冬夜，除却寂寞，还要忍受萧萧瑟寒。就像她那首《冬夜不寐》所写：

推枕鸳帏不耐寒，起来霜月转栏杆。

闷怀脉脉与谁诉，泪滴罗衣不忍看。

『释义』

寒意侵袭，无从入梦，推开鸳枕，起身，到园中栏前，在霜月之下，徘徊复徘徊。心底愁闷似缭绕不绝，不知向谁倾诉，只有任凭泪水沾湿罗衣。

9

为消烦恼，朱淑真开始在西园莳花弄草，她一生至爱梅花，西园已有梅，尚着人于竹林之侧，开辟梅园。

看罢潘阆的组词《酒泉子》，朱淑真爱不释手，最喜那首《观潮》，以为妙绝天下，使其想起多年前，钱塘江观潮之状。每年八月十八，人们皆到凤凰山或江干去观潮。这年，朱淑真独到江干观潮。她还记得从前同女伴欢笑嬉闹，观赏那人间奇景的情形。那时，何等年轻，何其天真，轻易便觉得快乐。如今，少女已远去，只剩孤独沉默的妇人以及一堆愁绪。

她一身夹衣，闲散无聊地行进着。江干早已人山人海，她觉得自己像缕秋风，瘦怯不胜，转眼便要被挤没。江干十余里，皆为乌压压各色人众：花冠丽服者有之，布衣便服者有之，徒步而行的，骑马的，乘车的。一间间店铺及新搭商棚，吃的，用的，穿的，琳琅满目。这一切，像太过拥塞的梦境，仿佛再重一点，梦境便将倒塌。

朱淑真终于来到观棚，放眼望去，便是浩浩荡荡江流。江面之上，滚滚波浪间隙，漂荡着一只只鞋子般小巧的船只，船上是一个个小成点的弄潮儿，他们或划桨，或擎旗，或欢呼吆喝。潘阆那句"弄潮儿向涛头立，手把红旗旗不湿"，真真所言非虚。

眼看大潮复又涌来，像一张硕大无朋的白毡，自地一揭而起，几乎遮住苍穹，朝江岸卷过来，再盖下去，毡子变作一张巨口，似欲把渺若粟粒的人们，吞进去吞没。那一刻，朱淑真感到强烈的震撼，在大自然面前，人竟是如此渺小、微不足道，她不由得深深叹息，同时，也放下了一些东西。她那些似永无消止的忧愁，其实轻微得可怜，不值一提。

观潮归来，朱淑真决定告别足不出户的日子。她每天都去西湖游赏，像造访一位沉默和蔼的邻人。她喜欢"西湖"这名字，它简单又自有一份苍凉雅致，从前的"钱塘湖"，多少有些落俗无趣。这里是她少时常游之地，是她生命里永不褪色的一幅画。这些年很少踏足西湖，只因这里曾留有她和他的游踪，她不想触景伤情。如今，他已畏怯远离，只她独自重临旧地，难免怅惘哀戚。

西湖美丽如初，只人事已非，走在熟悉的曲径上，朱淑真叹赏着湖光山色。她常到孤山，那里有她敬慕的林和靖。她虽无缘得见仙踪，但踏在一代高士走过的路径之上，亦觉满足。

寒梅初放之时，朱淑真重来孤山，觉得此处梅花，远胜西园之梅的清妍绝尘，到底是林和靖的梅！孤山归来，朱淑真即作《吊林和靖》二首：

不见孤山处士星，西湖风月为谁清。
当时寂寞冰霜下，两句诗成万古名。

短篷载影夜归时，月白风清易得诗。
不识酌泉拈菊意，一庭寒翠蔼空祠。

『释义』

已无林和靖隐士的仙踪，西湖美景又给谁欣赏？先生虽寂寞，诗名却流芳。

夜深乘舟归来，一天风清月白，引人诗兴，先生不识贪泉，只怀处士心，淡泊度此生。

北宋亡破，高宗应天府登基，南渡，最后定都杭州，更其名为临安。高宗敕令于孤山大筑皇室庙宇，孤山之上，一切田宅迁出一空。和靖先生的墓冢，却允可留存。不得不说是天大面子，亦可见，林和靖何其受人景仰。朱淑真喜梅之清妍，更喜其孤高傲世，视之如知己。林和靖一生为梅而生，乃梅之第一知己，便亦是她之知己。孤山一游，竟是知己相访，只恨异代不同时，不可晤谈。林和靖一生一人，以梅为妻，以鹤为子，不亦逍遥？难道一个女子，一生便定要和男子共度？她痛苦过，亦欢喜过，漫长的孤单里还有回忆，还有诗词，又何须怨尤？只不如先生放下罢了！林和靖仅那句"疏影横斜水清浅，暗香浮动月黄昏"，声名不灭，她那些涂涂抹抹、承载自己无尽欢忧的诗篇，亦可不灭吗？

冬日，冰雪包裹的琉璃世界中，孤山之梅点点如星，虽难觅高士踪迹，她亦知该何去何从，便不虚此行。朱淑真搓着纤手，披着狐裘，一脸释然，沿来时的浅痕，折返而去。

这世界，她已尝过百味，该放下了。雪，纷纷扬扬，她似乎看到来日，她那寂静如死，却又和悦淡然的模样，像个太艳丽的观音，于青灯古佛之畔，长坐永夜。

10

孤山踏雪归来，朱淑真便少出门。除写诗填词，便是翻阅自嫂嫂处所借的几册宝卷。她想，与其在此度过寂寂年华，不如投注于无争无欲的卷册，免除烦扰。她昼夜无休，翻阅那些艰深经卷，渐觉一道淡淡柔光照耀着她，使其清心寡欲，烦愁顿去。她还为自己取了别号"幽栖居士"。后来，她想到庵堂专事修行，当她终于向父母说起出家之念时，老父惊诧不已，只是摇头，母亲早喑哑无语，老泪纵横。朱淑真亦泣下。

两老明白，女儿去意已决，勉强不得，而且这一选择也许对她来说反是好事，至少再不会被外人说道了，他们只能这般自我安慰。

朱淑真长跪叩首，以谢父母恩情，从此，她的尘缘便了了。母亲把朱淑真紧抱怀中，只是不放。这一刻，阻隔于彼此之间的纷扰怨尤都烟消云散，朱淑真感觉似乎又回到了懵懂的少女时光，她的唇角露出微笑，像朵将枯萎的花。

翌日，新桐初引，清露晨流，朱淑真携着简单包裹，走向已然醒来的市街，向王道姑庵堂而去。王道姑时常到朱家，与朱家关系匪浅。为使父母放心，朱淑真便答允，先至王道姑处清修，若其志不改，再行出家。

朱淑真的庵堂生活，开始了，那是真正的幽栖。庵堂位于临安郊野的一座深山，红尘不染。朱淑真和王道姑还有几个小道姑，每天晨兴暮歇，或自己煮饭打水，或田畦灌溉耕作，或于清幽庵堂里静阅道书。她在庵堂垣壁上曾题小诗《书王庵道姑壁》：

短短墙围小小亭，半檐疏玉响泠泠。

尘飞不到人长静，一篆炉烟两卷经。

『释义』

短短墙垣，小小亭阁，我每日静坐其间，风雨来时，屋檐铁马，发出清脆如玉的泠泠之声。此地远离尘世，了无嚣杂，我只于袅袅香霭里，翻阅佛经，遣其光阴。

朱淑真在庵堂里一待数年。起初，她还算适应清修生涯，时日一久，便觉乏味。每天都在压抑自己的情绪，压抑写诗填词的冲动，实在无法忍受。她不属于庵堂，属于世俗世界。那世界，虽有无数烦恼，却也有难得的欢悦。她更放不下诗词，她饱读诗书，惜非男儿，否则，定可建立功业，青册著名。即便不是男儿，她也深信，其诗词不逊须眉。她天生是个诗人，这是她痛苦的根由，亦是其意义所在。若在这庵堂里度此余生，无声无息，如同生命消泯于荒野，未免留憾。

朱淑真向来仰慕那些诗文名世的女子，远如蔡文姬、班婕妤、曹大家，近如上官昭容、花蕊夫人及本朝的魏夫人、李清照。尤其李清照，是朱淑真深为敬慕的才媛。在她看来，李清照的诗词光耀千秋百代，无与伦比。她虽自忖比不上李清照，却也深知其诗词自有一方天地，足可立世。

她决定重回红尘，回到深深宅院。

归家之后，她再次遭到种种冷嘲热讽，她只不放在心上。唯有年迈的父母，见朱淑真孤孤单单自庵堂归来，甚感喜悦。无论如何，她是他们的女儿。他们能够感知到她的痛苦，即便并不理解。

此时的朱淑真心里明白，自己属于伤心断肠的红尘，逃不脱，亦不想再逃。她只想把红尘里的欢忧，用诗情炼制，化作传世的诗篇词句。此后，朱淑真的日常，便如这阕《减字木兰花·春怨》所显现的孤独、凄绝：

独行独坐，独唱独酬还独卧。
伫立伤神，无奈轻寒捉摸人。

此情谁见，泪洗残妆无一半。
愁病相仍，剔尽寒灯梦不成。

『释义』

独自行走，独自静坐，独自吟咏，独自唱和，乃至独自卧倒床榻，无论做什么，我都是孤零零一个人；凝神伫立已让我伤神，无奈这春寒又来招惹我的愁绪。

这份愁情谁曾见到，泪水早已将我的妆容洗净；愁病交加，把灯芯挑了又挑，却还是辗转难眠。

时光荏苒，朱淑真觉得青春皆已抛洒而空，苍天所给予的悲喜欢忧，已到尽头，她已一一体会。要写的，已然写尽，可以撒手了。她本要给自己写下一篇小小自传，但还是作罢。那些诗词，早已写尽其平生的心酸喜悦，再无可说。

她把平生所作的诗稿词笺，都交给敬重的嫂嫂。姑嫂两人，一夕长谈，算是她的深情告别。嫂嫂从未见过她这般喜悦，仿佛一切烦恼都不曾纠缠过这美丽绝伦又慧黠无双的女子。和嫂嫂告别时，朱淑真秋水盈盈，浅笑灼灼，如同回到她少女时代的娇俏天真。

尾声

一个凄清的幽夜，一代才女朱淑真，不知所终。

朱淑真父母为女儿之失踪，不胜悲楚，却无可奈何。他们已听得朱淑真不少诗词传诸于外，饱受物议，甚感门庭遭侮，他们期望女儿的名节会随岁月流转复归初时，便于家中尽搜其作，付之一炬，幸而朱淑真嫂嫂藏起残章，方不致全璧尽毁。

数年之后，有宛陵人魏仲恭，于旅馆中听人诵及朱淑真的词句，只觉清新婉丽，蓄思含情，能道人意中事，非泛泛者所及，不由叹赏。孝宗淳熙九年，魏仲恭将其所搜的朱淑真诗词，辑录成集，因哀叹其人其作之凄切悲楚，名之为《断肠集》。此后，朱淑真才名日盛，遂与李清照，并称词中双姝。

数百年后，明嘉靖年间，一位名唤戴冠的无名才士，对朱淑真之诗才词力，推崇备至，对其遭遇万分慨叹。他将朱淑真的《断肠集》视若珍宝，几乎篇篇烂熟于心。不仅如此，他还对《断肠词》每阕悉数唱和，即颇成规模的《和朱淑真断肠词》。朱淑真诗魂如有所知，亦堪感慰。

又过数百年，清乾隆年间，北京西郊，黄叶村，悼红轩。

一位落魄才子曹雪芹先生，正为其心血之作《石头记》第六十三回，群芳夜宴令词烦恼，才想到以王淇"开到荼蘼花事了"，与麝月之生途相匹，继而，到了命运孤苦的香菱，却为难起来。恼烦之下，他便抛开笔墨，出外闲步，让静山柔水，碧云长天，润养文思。直至暮色四合，曹雪芹方才归来。草草吃过夜饭，他随手翻开一卷诗集，竟是朱淑真的《断肠集》，灵光乍现，想到香菱和朱淑真命运之波折多舛，何其相似！那便找朱淑真的诗句，来匹配香菱，同时，也借此，寄托其对这位薄命才女的惋叹！

黯淡灯影里，曹雪芹写道："麝月一掷个十九点，该香菱。香菱便掣了一根并蒂花，题着'联春绕瑞'，那面写着一句旧诗，道是：'连理枝头花正开'……"

后来，香菱亦像朱淑真般，一头跌进恶姻缘，不能自拔。香菱的故事，依然惨烈，但到底是种致意，一种异代的怜恤。